SNOW LEOPARD'S DESTINY MARRIAGE
OUKU & SHIGERU & BINDO
PRESENTS

Snow Leopard's Destiny Marriage

小野豹的命定婚儀

Ouku Works
Illustrated By Shigeru

小野豹的命定婚儀

Snow Leopard's Destiny Marriage

Contents

小野豹的命定婚儀

Snow Leopard's Destiny Marriage

第1章

帕里斯納王國新任國王喬克在上任的第一個月，大動作地修訂了王國內與獸人一族有關的所有法條，期許能自此結束長達數十年來人類與獸人之間的不平等關係。

改革並不是件容易的事情，這一個月來喬克每天都在面對反對黨的各種質疑聲，頭疼得不行。

那些從前任國王還在世時，就一直效忠宮廷的老臣們的反對聲浪尤為強烈，不斷警告他獸人生性凶殘、沒有理智，放任獸人與人類共存只會造成無法挽回的災難。

喬克當然有過遲疑和猶豫，他對獸人的認知與世人並無太大差異，很久以前也曾親眼見過失控的獸人咬死人類的畫面。

可是他答應了喬森——他同父異母的弟弟，也是王國裡最小的王子，與其狼人伴侶納特，說在他任內會盡可能地維持人類與獸人之間的和平。

畢竟今天能坐上這個王位，還得虧喬森暗中出主意從旁協助，讓他在與粗蠻陰險的二王子喬納斯競爭王位時，取得了絕對的優勢，並且最後成功登基。

這個世界分為人類與獸人兩個群體。

自古以來人類在數量上占據了壓倒性多數，慢慢群聚集結成社會，建立王國、組建軍隊，統治著這一片富饒豐腴的土地。

相較之下獸人一族就分散得許多，他們沒有特定居所、沒有統一語言，三三兩兩離群索居，大多都是在流浪中度過一生。

大部分獸人能靠著和人類相處，學習人類語言和生活習性。但在距今大約二十年前，帕里斯納王國曾爆發過一場人類對獸人的無差別大屠殺。

起因已經不可考，想當然耳自那之後，人類與獸人之間的關係更加分裂對立，幾乎難以和平共存。

偏見是長久累積、根深蒂固的，要改變非常困難。除了難纏的反對黨，還要顧及廣大子民，單純修法恐怕難以安定民心，喬克還得想想別的辦法。

「陛下。」

還在煩惱中的喬克聞聲抬頭，見侍衛長洛肯畢恭畢敬地站在門邊，便揉了揉額角，問他：「什麼事？」

「薩爾瓦尼王國的車隊已經抵達了，就停在城堡外面。」洛肯說：「桑妮公主殿下在車上等著您去迎接。」

喬克愣了愣，這才想起再過兩天就是自己與鄰國公主桑妮結婚的日子，這一陣子每天都在處理公務，差點就忘了。

為了鞏固領土與和平外交，老國王還在世時就一直有意與薩爾瓦尼王國聯姻。他原先屬意的接班人是喬森，可是當向喬森提起聯姻一事時，喬森毫不猶豫地拒絕，直接說出自己喜歡男人，老國王一怒之下就將他趕出了城堡。

後來喬克順利繼位，鄰國使者也再次來商議結親之事。喬克想起老國王的遺願，心想聯姻既能夠締結兩國和平，又能讓人民之間有良善的交流，也未嘗不是件好事，當下考慮片刻便同意了。

「我知道了。」喬克站起身，稍稍整理了下衣袖和領口，隨即邁開步伐，「現在就過去。」

城門外停著一排馬車，喬克的步伐沒有絲毫停頓，徑直走向正門口妝點得最華麗的那一輛。

拉開車門，掀起內裡的布簾，喬克首先看見的是一雙碧藍色含著笑的深邃眼眸，和一頭銀白色蓬鬆柔軟的微亂髮絲，和記憶中使者帶來的畫像裡，黑眼淡栗色長髮的桑妮公主截然不同。

「妳是……」喬克抬起的手沒有放下，布簾的一角落在他的肩膀上，他頓了頓，遲疑地道：「桑……妮？」

車裡的人彎了彎唇角，故意提著嗓子，用不自然的尖銳音調開口：「是的，我就是桑妮。」

喬克的表情微微凝滯，還在思考繪製畫像的畫家是否有著眼睛方面疾病，面前的人忽然噗哧一聲笑了出來，還是那種拍著腿仰著頭，毫不顧忌形象的哈哈大笑。

喬克在那笑聲中聽出不同於女人的低沉磁性，登時戒備起來，右手也背到身後，摸上後腰的短槍槍柄。

他認為對方是混進薩爾瓦尼王國車隊的不法分子，厲聲質問道：「你究竟是誰？你把桑妮怎麼了？」

那人笑夠了，抹掉眼角的水液，半抬起雙手道：「開玩笑的開玩笑的，別那麼嚴肅嘛。」

喬克仍然沒有放下防備，直到那人又說：「利奧，我是利奧啊。」緊接著不等喬克有所反應，利奧忽然傾過身，整張臉湊到喬克面前，和他幾乎鼻尖抵著鼻尖，笑著說：「好久不見了，喬克。」

情況頓時變得有些複雜且難以理解。

經過再次確認，停在城門外的確實是薩爾瓦尼王國的陪嫁車隊，喬克掀開布簾的那輛也確實是給公主乘坐的馬車。

本來應該是這樣的。

喬克命人將隨行而來的僕從侍衛們打點好，自己則帶著利奧進到一間會議廳。

在聽完利奧的解釋後，他沉默了許久，而後開口：「你的意思是，公主拒絕嫁給我？」

「是啊。」利奧點頭，「出發的前幾日起，桑妮開始瘋狂抗拒，從不吃不喝絕食抵抗，到後來只要有人提起這件婚事，她就激動地尖叫，摔門、砸東西，還揚言要把勸戒的大臣拖出去砍頭。」

利奧好笑地看著神情複雜的喬克，故意嘖嘖兩聲，「要不是知道你們倆之前真的從來沒有交集，我都要懷疑你是不是曾經對桑妮做過什麼失禮的事了，讓她這麼排斥你。」

喬克這才發現利奧一直用一種很熟稔的語氣在和他說話，也想起剛才下車前對方好像說了一句「好久不見」，彷彿他們今天並不是第一次見面，但他對眼前的男子卻沒有任何印象。

「我們以前見過面？」喬克擰著眉問出自己的疑惑。

利奧笑著反問：「真的不記得我啦?當上國王就把我忘記了？」

喬克仔細端詳對方，確定對這張臉並無任何印象，於是搖搖頭，「我先前生過一場大病，十歲以前的記憶很模糊。如果我們是在那之前見過，那很抱歉，我真的不記得了。」

「是嗎，真遺憾。」利奧臉上的笑意減去少少幾分，在短暫的沉默過後，他又一次開口：「那再重新自我介紹一次吧！我是薩爾瓦尼王國的王子，桑妮同父異母的哥哥，同時也是代替她過來，兩天後要成為你未來王后的，利奧。」

關於這位鄰國的王子，喬克多少有所耳聞。

傳聞他是鄰國國王尤西德早年在外遊歷時，與異國女性誕下的私生子。那位女性的身分至今沒有人知曉，據說利奧是在八歲那年，撐著最後一口氣爬回薩爾瓦尼王國的領土，和尤西德相認。

在那之前利奧生活在哪，中間又經歷過什麼，至今仍是個未解之謎。

喬克目光深沉地端詳著眼前似笑非笑的男子，像是在考慮什麼，半晌才揚聲開口，朝守在門邊的幾個侍衛下令。

「傳下去，兩天後的婚禮與舞會照常舉行。召集城堡裡的裁縫和工匠，這兩天辛苦一下，把原本準備給公主的禮服按王子的尺寸修改。」

「是。」

利奧被帶進一間布置得華麗又少女的房間裡，那裡充滿著深淺不一的粉紅色，床幔邊緣還布滿織工精緻的蕾絲，光是看起來就費了不少巧思。

只可惜最後住進來的並不是桑妮，而且她也不喜歡粉紅色。

利奧還沒來得及好好細看，裁縫師和女僕就進門來為他重新量製尺寸。原先所有的禮服都是按照鄰國使者當初提供的桑妮的尺寸進行製作，現在準王后換人了，一切都得重頭來過。

「婚前分房睡，是你們國家的傳統嗎？」

利奧配合地張開手臂，布尺從他的左手腕一路延伸到右手腕，然而他的問句沒有人回答。

女僕向裁縫師報出數字，又繞到利奧背後，接著去量他的肩寬。

不曉得是不是自己的錯覺，利奧總感覺這一路碰上的每個人，都和他們的國王一樣，冷淡且沒有多餘的表情變化。

「妳們進城堡前是不是接受過什麼特殊的訓練？」利奧低下頭，看著跪伏下去量腿長的女僕，笑著說：「比如兩兩一組互相對視，誰先笑出來就淘汰？」

「請您不要亂動。」女僕聲調毫無起伏地說：「我們沒有太多時間修改禮服，如果尺寸量不準後續會很困擾，還請您配合。」

利奧聳了聳肩，倒沒再繼續說些什麼。

她們花了一點時間才將利奧全身上下的尺寸都量了遍。裁縫師做好記錄就匆匆忙忙離開回去趕工，不然趕不上兩天後的婚禮可就麻煩了。

「婚禮將在兩天後的傍晚舉行，在那之前請您暫時都先待在房間裡。」女僕收好布尺，退到房門邊，畢恭畢敬地微微欠身，「這段時間如果有什麼問題，您可以隨時搖鈴召喚我。」

和利奧猜想的差不多，在婚禮正式舉行之前，他必須和喬克分開來睡，活動範圍也僅限於房間和外頭的小花園。也不知是帕里斯納王國的傳統，還是喬克古板的個人堅持。

不過也就兩天而已，很短暫。利奧心想。

「其實我現在就有一個問題。」利奧半舉起手，在女僕投來的疑惑眼光中，眨著眼相當誠懇地問道：「能不能把這些粉色的床單棉被，還有這個蕾絲床幔換掉呢？我怕睡在上面，晚上會作惡夢。」

兩天後城堡如期舉行盛大婚禮，許許多多名門貴族受邀前來，一同見證這場象徵兩國締交的盛宴。

自從老國王驟逝後就一直冷清的城堡，少有且難得地熱鬧了起來。

「喬克哥哥、喬克哥哥！」

一聲聲脆亮中帶著急切的嗓音在後頭叫喚，正要前往宴會廳的喬克停下腳步回過頭，只見一頭金色捲髮的女孩提著蓬鬆的裙襬，腳步匆匆地追了過來。

「緹朵？」

「喬克哥哥！」跑了一路的緹朵氣喘吁吁地停在喬克面前。她喘了幾口氣，而後仰起脖子，表情有點憂傷地問：「喬克哥哥，你真的要結婚了嗎？」

緹朵是貴族之女，比喬克小五歲。她從小就在城堡裡生活，一直以來都把喬克當作憧憬與嚮往的存在，隨著日漸長大，也多了幾分隱祕羞澀的少女心思。

所以當得知傾慕已久的喬克哥哥要與鄰國公主結婚時，她的心都碎成一塊一塊，拼不回去了。

「你們都先過去吧。」喬克低聲向身旁的貼身侍衛說道。等人都走了，他才看著緹朵問：「妳怎麼會在這裡？薩利爾公爵不是讓妳跟在他身邊嗎？」

緹朵的父親薩利爾公爵曾是老國王生前最得力的輔佐大臣之一，也是在喬克修法後反對意見最強烈的一位。

他的妻子，也就是緹朵的母親，早年曾遭失控的狼人攻擊而失去雙腿，從此再也無法自由行走。長期臥床讓緹朵的母親失去了活下去的希望，最終在兩年前選擇結束自己的生命。

失去摯愛的薩利爾對獸人更加恨之入骨，打從心底無法認同喬克想要改革的想法，經常在開會的時候厲聲反駁，甚至刻意刁難喬克的施政方針，也不再允許唯一的女兒緹朵總是跟在喬克身後。

薩利爾的阻止並沒有讓緹朵放下多年的愛慕之情，但今天喬克要結婚了，從今以後她就真的再也沒有機會親近喬克了。

想到這裡，緹朵終於忍不住哭起來，一邊抹掉不停落下的眼淚，一邊抽抽噎噎地說：「要是你不當國王就好了。要是你不當國王，就不用結這場婚了。」

喬克有些頭疼地嘆了口氣，「緹朵，妳聽著，就算今天我不是國王，也不會和妳結婚。妳應該選擇妳愛的同時也愛妳的人，而不是把感情浪費在我身上。」

「為什麼就不能試一試呢？」緹朵哭著問：「這麼多年了，你為什麼就不能試著愛我呢？」

「緹朵。」喬克認真地看著她哭花的臉，直白又殘忍地開口：「以前就和妳說過了，我不會愛上任何一個人，包括妳。」

緹朵最終帶著滿滿的不甘與幽怨轉身離去，並且不打算參加這場讓她永遠失去初戀的婚禮。

喬克望著她離去的方向，直到完全看不見她的身影，才又嘆了一口氣，對著一處轉角說：「出來吧，別躲了。」

下一秒，利奧便從轉角的陰影處走出來，臉上掛著鮮明的笑意問：「什麼時候發現我的？」

「很早。」喬克淡淡回道：「你的鞋尖從牆邊露出了一點，沒有藏好。」

利奧聞言，下意識低頭看了眼自己腳上那雙被擦得發亮的鞋子，忍不住搖頭笑道：「你這觀察力也太敏銳了，還以為你正忙呢，沒想到能注意到我。」

喬克聽得出來利奧在影射什麼，所以沒有接話，只面無表情地把他從頭到腳打量了一遍。

趕製出來的禮服並不馬虎，合身的剪裁把利奧腰窄腿長的身材凸顯得更加完美，珠光白的綢緞將他襯托得英氣逼人，本來就出眾的長相更是被提高了不只一個層次。

喬克自己都沒發現，他這一眼不自覺停留得似乎有點久。

利奧就這麼笑咪咪地回望著他，沒有出聲打斷，等到喬克反應過來自己的唐突，掩飾尷尬地清了清嗓，轉移話題問道：「你怎麼會在這裡？沒有人帶你過去宴會廳？」

「有是有，不過你安排在我身邊的全部都是女孩子，我半路突然想上廁所，總不能讓她們陪我去吧？」利奧聳聳肩，好像一副很無辜的樣子，「誰知道城堡這麼大，上個廁所都能迷路，走著走著就不小心晃到這裡啦。」

喬克顯然有些不大相信，但也沒有追問，只說：「不管你剛剛聽到了多少，統統都忘掉。」

利奧挑眉一笑，問：「你是說你冷酷無情地拒絕一個愛慕你的女孩，還是你說不會愛上任何一個人？」

「……」喬克深吸了口氣，冷聲道：「全部，每一個字，統統都忘掉。」

寬敞明亮的宴會廳聚滿了人，樂隊站在兩旁長長的臺階上，演奏著悠揚浪漫的樂曲。穿著端莊典雅的賓客們人人手裡端著玻璃酒杯，在他們的國王替新王后戴上鑲滿珠寶的后冠時，同時舉杯歡呼。

沒有人在意新王后是鄰國的公主還是王子，是男人還是女人，所有人都清楚這段關係只是為了國與國之間的往來而建立，他們只是來做個見證。

喬克臉上沒有什麼表情地為利奧戴好后冠，一旁便有從僕躬著腰端著托盤送上兩支高腳杯。高腳杯裡盛著淺粉色的酒液，細細密密的氣泡掛在杯壁，隨著拿取的動作迅速上浮破裂。

喬克與利奧各自端起一杯。就著臺下的歡呼喧騰，喬克沒有一丁點猶豫就仰杯飲下杯裡的酒水，帶著莓果甜香的酒水滑進喉嚨。

倒是利奧嘴唇抵住杯緣，仰頭前停頓了一秒，鼻尖微微抽動，敏銳的嗅覺讓他注意到這杯酒裡似乎被加了某些東西。他側眼瞥了面不改色的喬克一眼，對方好像什麼都沒有察覺到，一口就喝下將近半杯的量。

利奧稍稍挑眉，學著喬克的動作仰杯，但沒有張嘴，只用嘴唇沾了點酒水，沒有真正喝進去，就把酒杯放回托盤上。

耳邊的音樂忽然換成比較輕快的節奏，喬克用眼神向利奧示意，利奧心領神會，優雅地將手搭上喬克的肩，喬克的手也隨之放到他的腰上。

兩人的步伐默契地一進一退、一前一後，領著臺下一眾人跳起今天的第一支舞，為這場盛大的婚宴拉開序幕。

「剛剛的酒你沒有喝。」兩人身體幾乎貼在一起，臉靠得很近，喬克於是壓低聲音問他：「你不能喝酒？」

「唔，算是吧。」利奧含糊答道，見喬克神色未變，看起來沒有什麼異常，便也漸漸放下心，繼續和他共舞。

可是很快利奧就察覺喬克的臉頰慢慢浮起一抹不自然的紅暈，耳邊的氣息也變得急促起來，甚至連搭在他腰上的手指都掐得越來越緊。

利奧有些吃痛，他捏了捏喬克的肩膀問：「喂，你沒事吧？」

「你……」喬克深深吸了口氣，看向利奧的眼神多了幾分怒意，開口時嗓音也明顯有些沙啞，「你是知道酒裡加了東西，所以才不喝的？」

利奧還來不及解釋，喬克在音樂聲與所有人詫異的目光之中撂下一句「所有人都不准跟來」，便抓住利奧的手臂，拉著他一路大步往外走。

那股令人焦灼的熱度從胃部一路向周身蔓延開來，喬克從來沒有過這樣的感受，焦躁地一路把人帶回房裡，重重地把房門關緊上鎖。

國王的房間比利奧這兩天待的那地方還要大上許多，只是利奧還沒有機會好好參觀，就被喬克推倒在床上。

剛戴上沒多久的后冠落在柔軟的床墊上，一隻手突然用力掐住他的脖子。

呼吸受阻的感覺很難受，利奧臉上卻仍掛著笑意，這讓喬克更加堅定酒裡面被加了不知名的東西，肯定是利奧幹的好事。

從兩天前對方說是代替桑妮遠嫁過來開始，一定就在計畫著什麼不為人知的陰謀。

「你，你究竟……」

喬克下腹的灼熱感越來越強烈，一股難以言喻的熱流將柔軟的襠部布料撐起一塊明顯隆起的鼓包。

喬克跨在利奧身上，那鮮明的生理反應就這麼貼著對方。

「冤枉啊陛下，不管你信不信，但真的不是我。」

利奧笑著喘了幾口氣，握住喬克掐住自己的那手手腕，故意抬起膝蓋，擦過喬克身下腫脹的部位。

「雖然現在我說什麼，你大概都聽不進去就是了。」

喬克確實什麼都聽不進去，他的腦子裡嗡嗡嗡的全是雜音，掐在利奧脖頸上的手也逐漸失去力氣，只覺得全身像被火燒一樣灼熱，亟欲找到方法讓自己能夠降溫。

忽然一道冰涼的溫度貼上他的嘴唇，喬克所有動作與反應都同時一頓，緊接著那道溫度延伸進他的口腔裡，喬克瞇起布滿血絲的雙眼，下意識含住闖入嘴裡那條又溼又滑的東西。

這點涼意沒能完全緩解體內的躁熱，喬克的目光與神情也越加渙散。

利奧索性趁著對方恍神的間隙翻身。情勢瞬間逆轉，利奧騎到喬克身上，俯下身和他鼻尖相抵，輕聲說：「我知道要怎麼幫你，不過你得乖乖配合不要亂動，不然我就要把你的手捆起來了。」

小野豹的命定婚儀

Snow Leopard's Destiny Marriage

第2章

喬克很努力想要保持至少一分的理性，可惜力不從心，他只能無力地仰躺在床上，任由利奧一雙手在自己身上胡亂摸索。

他的褲頭被解開，涼涼的手摸了進來，準確地一把握住他腿間最滾燙的熱源。

「你——！」

「噓……」利奧一手摀住喬克的嘴，氣息全部噴灑在他的臉上，「我是在幫你，你這種情況得弄出來，不然會一直很難受。」

利奧的話像個指引，讓喬克身體不由自主地放鬆下來。

連自己都鮮少碰觸的部位被人包著摩擦，快感一陣比一陣強烈，溼溼滑滑的黏液從頂端小孔不斷滲出，沾得利奧滿手都是。

眼看喬克慢慢安分下來，利奧鬆開摀著對方嘴巴的手。聽著他粗沉的低喘，利奧身子往下鑽，改趴到喬克張開的腿間，手指勾住他的褲緣往下拉，那根早已勃立的陰莖一下子便彈了出來。

「真大啊。」利奧用手指比劃一下長度和粗度，拇指和中指指尖勉強相抵，圈住發脹的根部，發自內心地感嘆。

喬克的性器勃起後分量確實相當可觀，筆直的莖柱上青筋盤繞，肉紅色龜頭又圓又大，反射著晶晶亮亮的水光。

利奧握著套弄幾下，隨即張口含住那顆飽滿的前端，舌尖抵著馬眼來回舔刷，喉結滾動著，嘗了一嘴的鹹澀。

喬克緊緊抓著床單，指節都泛白了。他感覺到下身被納入一個溼軟之處，敏感的前端和肉冠不斷地被舔弄刺激，就算平日定力再好，也難以承受這般強烈的快意，不一會就在利奧嘴裡洩了一次。

喬克射出來的精液又濃又腥，利奧一嘗就知道他肯定很長一段時間沒有好好發洩過，才會這麼濃這麼多。他沒有馬上鬆開嘴，而是就這麼用嘴唇包裹著吸吮吞嚥，直到不再有液體從那小小的肉孔中流出。

利奧抬起頭，彎起的唇角邊還掛著一抹白濁，他舔了舔唇，帶著笑問他：

「感覺好一點了嗎？」

那必然是沒有。喬克剛射過一次的陰莖仍相當有精神地豎在腿間，一點也不見疲軟，上頭都是自己流出的體液和利奧含舔時留下的唾液，混在一起乍看之下情色又淫靡。

那杯酒利奧雖然沒有真正喝下肚，但多少也沾了一點。他的體質和喬克不大一樣，那一點點的量就對他有很明顯的影響，在幫喬克紓解第一次後，利奧的身子也跟著發熱起來。

「真糟糕啊，好像……」利奧微微撐起身子，像是有些傷腦筋地蹙起眉心，「好像有一點控制不住了。」

情況自此變得一發不可收拾。

喬克先是聽見一陣窸窣的布料摩擦聲響，等他瞇著眼吃力地抬起頭時，就見一具赤裸白皙的身軀跨在自己身上。

不曉得是不是意識渙散產生的錯覺，利奧褪去衣物的身子白得不可思議，乾淨的頸項邊似乎還浮現一圈不太明顯的斑紋。喬克看得不是很清楚，斑紋眨眼之間一下就消失了。

「你、唔……」喬克話還沒說清，剛張開一點的嘴又被利奧低頭堵住，兩條舌頭重新糾纏在一起。

這還是喬克第一次和他人有這麼過分親密的接觸，但他卻克制不住自己，不知名的藥性與燥熱讓他難以維持平日的冷靜。

他一雙手不受控地搭上利奧的腰，掌心觸及一片光滑細膩的皮膚，一路順著從背脊滑到尾椎，在那尾端凹陷處碰上另一隻不屬於自己的手。喬克愣神之際，利奧就拉著他的手，牽引著往更隱密的地方探尋。

「剛剛我幫了你一次……」利奧貼著喬克的唇瓣，喘著氣道：「現在……哈……現在該你幫幫我了。」

喬克只感覺手指按開數道皺摺，擠進一處又窄又緊、又熱又黏的地方。

他幾乎不用任何指導，手指很自然地就往深處鑽，直至進到最底才抽出來，抽到剩一個指節的時候又向裡探，反覆來回數次後，甚至無師自通多加了一根手指，中指與無名指併行，不一會就攪弄出耐人尋味的細細水聲。

「嗯……咕嗯……」利奧喉間發出幾聲短促而難以辨認的呻吟，來不及嚥下的唾液順著兩人沒有完全貼合的唇縫間流淌而下。

埋在利奧體內的手指不知不覺增加到了三根，原本還窒礙難行的甬道變得滑潤無阻，被手指帶出「噗啾噗啾」的聲響。

喬克的手指幾乎可以算是亂無章法地搗弄，東按一會西勾一下，突然按到某個地方時，尖銳的刺激讓利奧猛地渾身一顫，牙齒一時沒收住力，咬破了喬克的下唇。

突如其來的疼痛讓喬克稍稍回神，但手裡的動作卻仍然停不下來，對著剛才偶然碰到的地方使勁地摩擦。

最後還是利奧顫抖著反手握住他的手腕，說「好了」，接著又說「可以停下了」，邊把喬克的手指從體內緩緩抽出來。

利奧一手按住喬克的胸膛撐起上半身，喬克隱約能猜到接下來要發生什麼，他乾嚥了一口氣，凸出的喉結來回滾動一周。

如果沒有今天那杯被下藥的酒，接下來要發生的事也許不會進展得這麼快，但起碼一切都是順理成章、順其自然。不像現在，顯得既荒唐又忙亂。

喬克身上的禮服皺得不成樣，利奧的稍微好一點，早早就被脫了下來。

可憐那些連夜趕工的裁縫和工匠們，心血才被穿上沒多久，就被扔在一旁地上無人問津。

利奧赤裸的身子在喬克面前展露無遺。胸腹線條分明，有薄薄的肌肉又不會過分誇張，兩側腹股溝向下延伸出來的三角地帶覆著一層淡金色的稀疏恥毛，一根色澤淺淡的性器立於其中。

就算喬克平日裡生性冷淡，對這種隱密情事也不太感興趣，還是不由得發自內心地感嘆這具身體是真的很完美，輕易就能勾起人深埋在心底的所有欲望。

喬克無法從利奧身上挪開視線，只能眼睜睜看著他反手握住自己硬得不像話的陽具，夾進滑膩的股間磨蹭幾下，而後抬起腰，圓潤的前端抵上方才被搗得鬆軟的穴口，一點一點被那張縮夾的小嘴吞吃下去。

近三十年來不曾有過的強烈快感，撥動著喬克長久以來緊繃的每一條神經，讓他不受控地托住利奧雙臀，順應欲望狠狠往上一頂。

「啊！」

碩大的肉具直接貫穿至最底，利奧沒料到喬克會突然來這麼一下，猝不及防地驚叫出聲，臀瓣驟然夾緊，又馬上被喬克動作粗魯地擠開。

「等、等一下等一下，你慢點、哈啊——」

利奧明明騎在喬克身上，卻沒能掌握多少主導權，喬克甚至不留給他一點喘息空檔，抱著他的屁股狂操猛幹了起來。

急速的抽插幾乎沒有間斷，每一下都撞得那麼用力那麼深，利奧本來還有的那點調笑餘裕現在統統沒了，身體被撞得一晃一晃，連呻吟都破碎得不成調。

利奧修長的手指纏絞著喬克胸前絲滑的布料，指頭攏得很緊，竭力忍著瀕臨失控邊緣的理智。

喬克在連綿的快感中逐漸察覺到有哪裡不對勁。

正常來說人在興奮時皮膚會充血變紅，可是他卻覺得跨在身上的那人膚色好像越來越白，本以為只是看錯的斑紋又一次浮現出來，這次的範圍更大，一路從脖頸延伸到下腹。

視野突然被一片黑暗遮擋住，喬克一頓，抬腰的動作也隨之放慢下來，腦袋渾沌的他過了好半晌才反應過來，應該是利奧用手擋住了他的眼睛。

利奧似乎是不想讓喬克有過多餘力和心思去想別的事情，雙手蓋住他的眼睛後，再次低頭吻上那雙剛被自己咬破的嘴唇，舌尖舔著那個小小的傷口，腰也主動擺動了起來。

比起喬克毫無技巧的粗蠻捅幹，利奧自己來更能碰到讓自己舒服的點。窄腰上下前後快速地搖動，肉穴裹著溼淋淋的莖柱反覆套弄。利奧俯著身子，性器被夾在兩人之間摩擦，前端泌出的水液把喬克的肚子都沾溼了。

兩人的下腹皆堆起了陣陣痠麻感，陰莖一個比一個脹得還要厲害。

喬克吸咬著利奧的唇舌，鼻息又粗又沉，眼前的光線被剝奪後，其他感官神經一下子都敏感了無數倍，尤其是下身被層層軟熱腸肉夾裹的地方，感受到前所未有的強烈興奮與衝動。

勃脹的性器根部幾乎將穴口周圍的摺皺撐平，任誰都想像不出來，這麼窄小的地方，究竟是怎麼把一根這麼粗這麼長的肉棒完完全全吃進去的。

喬克看不見，在黑暗中以手指摸索著探向兩人交合處，沾著黏液的指尖往上爬，摸到一塊有些粗糙的地方。

他正覺得奇怪，那裡的觸感好像和本來摸到的皮膚不太一樣，一股強烈的疲意忽然從緊繃的下腹擴散，額角凝結的汗珠滾落。

喬克悶哼一聲，咬著牙在利奧體內射出了濃濁白精。也不曉得喬克從哪生出來的力氣，一邊還在射精，一邊將利奧蓋住他眼睛的手用力撥開。

重新迎來光亮的雙眼微微刺痛，一連眨了幾下，模糊的視線才逐漸恢復清晰。喬克親眼看見，壓著他的男子下半身覆滿了細細短刺的白毛和豹紋。一條長長的尾巴從利奧的尾椎處長了出來，隨著高潮輕輕顫動。

除了人類與獸人，這個世界還存在另一種更為罕見稀少的族群——變異獸人。

他們是人類與獸人結合而誕生的變異物種，成熟的變異獸人能夠自由控制身體化為人形還是獸形，亦或是半獸半人的形態。就像利奧剛才那樣，只長出部分的皮毛和獸尾，其他地方都仍保持著人形。

受到獸人一族被人類迫害的影響，本就稀少的變異獸人為了生存，通常都選擇以人形的姿態隱匿於人類群體中避免被發現。

一旦被發現，運氣好一點是逃到無人知曉的地方重新展開生活，運氣差一點大多會流落到黑市，淪為一些有著獵奇癖好的富商貴族手中的玩物。

等喬克緩過神來，利奧身上的斑紋和那根尾巴已經消失無蹤了，彷彿剛才看到的都只是自己意識不清所產生的幻覺。

喬克射了兩次，原先那種令人感到焦灼難耐的熱度褪去大半，整個人也清醒了一點。他把趴在身上喘氣的利奧推到旁邊，啞著嗓子質問：「你不是人類？」

利奧氣還沒有喘勻，喬克剛射進去的濃精從他股間尚未完全閉合的小口緩緩流出，黏黏滑滑的不是很舒服。

聽著他的質問利奧忍不住笑出聲，翻身躺成大字形，說道：「你搞錯重點了吧，我的陛下，難道現在最要緊的不是找出在我們酒裡下藥的人嗎？」

利奧說的確實也是重點。畢竟他們婚結都結了，做也做完了，現在糾結利奧究竟是不是人類並沒有什麼太大的意義。

「你知道酒裡面加的是什麼？」

「嗯。」利奧點點頭，「紫蘴草花蜜。」

「紫蘴草？」喬克皺起眉，「那不是很多年前就已經滅種的植物嗎？」

紫蘴草，顧名思義是一種紫色的植物，只生長在北方的極寒地帶，三年開一次花。萃取出來的花蜜對人類只有催情作用，沒有什麼實質的身體傷害。

但對獸人就不一樣了，少量的紫蘴草就能讓任何種類的獸人狂化。許多年前幾個北方國家還有鬥獸的傳統文化，國王每三年就會命人獵捕各種不同的獸人，餵他們吃紫蘴草花蜜，然後丟到鬥獸場讓他們狂化後自相殘殺。

這種殘忍的文化持續了長達數十年，每三年就會有一批新的倒楣獸人在這場人類主導的鬥獸遊戲中傷殘甚至喪命。直到有一年，十多隻被灌食紫蘴草花蜜而失控的獸人集體衝破觀眾席護欄，咬死無數前來觀賞的人類。

沒有人知道為什麼以前都能控制得住，就那一年暴走的獸人像是說好似的，所有的攻擊一致對外，造成毫無準備的人類傷亡慘重。

也是自那之後，這種鬥獸遊戲的安全性開始備受爭議，等到新國王上任以後，才全面停止這項活動，並且勒令將國境內所有的紫薑草植株銷毀，不得私下種植，也是避免野生獸人誤食後狂化，進而無差別攻擊人類。

先不說紫薑草早應該不存在於現今社會，帕里斯納王國境內領土根本沒有適合紫薑草生長的環境，連喬克自己都沒見過。他狐疑地問利奧：「你怎麼能確定是紫薑草？」

「聞出來的啊，紫薑草花蜜有一種特殊的氣味，人類的嗅覺不太能分辨。」利奧仰起脖子朝他看了一眼，理所當然地說：「不過你剛剛也看到了，我不是人類。」

「……」喬克沉默半秒，擰起眉問：「你到底是什麼東西？」

「沒禮貌，什麼叫什麼東西，我可是你明媒正娶的王后喔。」利奧不輕不重地踢了他一腳，「再說是你自己忘記的，我以前在你面前可是從來都沒有隱藏過身分。」

又是喬克根本沒有印象的從前。

喬克長出了口氣，從床上爬坐起來，目光落在利奧赤裸的身上。白皙的脖頸和腰側上都是自己剛才不受控制留下的掐痕，深淺交錯的紅色指印讓他不自在地別開眼。

「我的父親尤西德你知道，是薩爾瓦尼的國王，而我的母親是他早年遊歷在外時認識的一名豹人，他們之間有過什麼恩怨糾葛我不清楚，但反正就是有了我。」

利奧沒有留意喬克別開的目光，直直地看著天花板上的吊燈，眼瞳被燈光照得閃爍著微微的光亮，繼續說。

「我的身體裡流著一半人類一半獸人的血，如果要拿去競拍的話，應該可以賣出很不錯的價格喔。」

喬克本來以為利奧要認真講述自己的身世，說說他不記得的那些年彼此認識的過往，誰知道利奧話鋒突然一轉，瞬間又變得不正經了起來。

喬克頓感一陣無言，他還沒有習慣利奧的說話方式，總感覺好像要認真說什麼的時候，馬上又會拐彎到其他地方去，很是讓人困擾。

「……沒有人要競拍你。」喬克無奈地說，一邊扔了一塊柔軟的帕巾過去，讓利奧擦拭身上的汗和濁液，「不過如果真像你猜的，真的是紫薑草，那是誰，又是從哪裡弄來這些應該已經滅跡的植物？」

利奧「嘿」的一聲也坐了起來，一手扶著還痠軟的腰，另一手抓著那塊透著淡金色貴氣十足的布料往身上擦，隨口猜測：「是誰我猜不到，跟你們這裡的人不熟。至於從哪裡弄來的……應該是地下交易市場吧，也就是俗稱的黑市。」

「黑市？」

「嗯，黑市。」利奧點點頭說：「在你看不見管不著的陰溝暗巷裡，可能每天都在上演著各種不法交易，你想得到的想不到的什麼都有。紫薑草算小事了，很多像是武器、器官甚至人命之類的買賣，在黑市裡都很頻繁。」

利奧大剌剌地張開腿，毫不避諱地擦拭著腿間的一片狼藉，一面又接著說道：「還有像我這樣，流著兩種不同種族血液的變異獸人。因為真的很稀有，在競拍的時候往往能叫到天價。」

「你為什麼這麼清楚?」喬克皺眉不解。

「你猜?」利奧朝喬克揚眉,隨即收到對方一記要他別廢話的瞪視,只好聳了聳肩說道:「你要是有機會親自到最底層的環境走一圈,也能知道這麼多。」

這話說了跟沒說一樣……

「不過我大概知道為什麼要在我們酒裡下藥了。」利奧忽然說。

喬克不抱什麼期望地隨口應一聲示意他說下去,而後果然不出所料,只見利奧神祕兮兮地湊過來,壓低嗓音說:「雖然沒有經過證實,不過從很久以前就有個流言,說是人類男性服下紫薑草花蜜後,也能夠和女性一樣,獲得孕育生命的能力。」

「……」喬克聞言,一時之間無言以對。

「不知道在我們酒裡下藥的人,是希望你生還是我生。」利奧勾起唇,眼底含著些許促狹笑意,「不過我不是人類男性,應該是不會獲得這種能力,不然換你試試看好了，看能不能生？」

喬克拍開利奧伸過來的腿，拉好褲子後便踏下床，不想再搭理他了。

第二天一早，前一晚負責婚宴餐食的幾名廚師，全部被押送到審訊室，由喬克親自審訊。

他看著眼前跪成一排低著頭的人，第一句話不是問東西是誰加的，而是直接問：「加在酒裡的紫薑草花蜜，是從哪裡弄來的？」

喬克話音剛落，就敏銳地察覺到跪在正中間的男人身子不自然地動了一下，他沉著聲讓其他人都先離開，只留那一個人下來。

「我、我不知道！我真的什麼都不知道！」被留下來的男人渾身顫抖地為自己辯解，「那個、那個東西是、是別人拿給我的，只說要我加一點進去，沒說是、是什麼，有、有什麼作用！我真的不知道！」

喬克順勢問：「別人是誰？」

「我、我、我……」大顆大顆的汗珠從男人額角滴落，他牙齒打著顫，結結巴巴地說：「我不能、我不能說……」

審訊室門口處忽然飄來涼涼的一句：「既然不能說，那這個人也沒有留著的必要了吧？」

喬克有點意外地抬頭看過去，只見不知道什麼時候跟來的利奧斜靠在門框邊，正抱著手臂，一臉看好戲的模樣。

聽利奧這麼說，男人更慌張了，領口幾乎被冷汗浸透，滿心糾結著不知該不該出賣背後的主使者。

「洛肯——」喬克沒有耐心聽他支支吾吾，直接喚來守在門口的侍衛長，「把人帶下去，如果始終不肯說，那就直接處理掉吧。」

「是。」洛肯聞聲進門，不由分說地從後頭架起跪在地上的男人，就要把人往外面拖。

「……薩利爾！是薩利爾公爵！是他指使我這麼做的！」男人再也顧不了這麼多，踢蹬著腿失聲大喊：「是他把東西給我，要我加進去的！其他的我真的什麼都不知道！求求您、求求您放過我這一次吧，陛下！」

洛肯的動作停了片刻，抬頭看向喬克，等待他的指示。

喬克和門邊勾著唇似笑非笑的利奧對視一眼，薄唇張合冷冷下令：「關進地牢。」

洛肯恭敬地應聲，而後不再理會男人失態的哭號，強硬地把人拖了下去。

小野豹的命定婚儀

Snow Leopard's Destiny Marriage

第3章

「怎麼樣?」利奧盤腿坐在床上，看著走進房門的喬克一臉倦容，便問道：「那個薩什麼的公爵最後招認了嗎?」

喬克瞥了他一眼，脫下外套掛到衣架上，淡淡地「嗯」了一聲，「但他辯稱東西是父王生前留下的，他也不知道源頭在哪。」

薩利爾公爵是老國王生前最信任的心腹，很多事只有他和老國王才知道。就比如那罐紫薑草花蜜，據薩利爾公爵的供詞，那原本是老國王想要用在小王子喬森身上的。

老國王有過二任妻子，總共生了三位王子——大王子喬克天資聰穎，二王子喬納斯驍勇善戰，小王子喬森則同時兼具兩位兄長的優點，是老國王原本最屬意的繼位人選。

可是偏偏喬森有著與眾不同的性向，在老國王提出讓他和薩爾瓦尼王國的桑妮公主和親時，他毫不猶豫地就拒絕了，說自己喜歡男人，無法和公主締結婚約。

老國王氣急敗壞，當下立即就命人把喬森趕出城堡，並下令守好城門，不得讓喬森再靠近城堡一步。

之後又過了數年，老國王的態度終於軟化。他聽信謠言，相信紫薑草花蜜能讓男性擁有生育能力，費盡好大一番功夫才弄到一小罐，而後便迫不及待地命人把喬森找回城堡。

畢竟只要有那東西，就算喬森喜歡男人，也不用擔心孕育下一代的問題了。

老國王派出去的手下沒有一個人能順利將喬森帶回來，最後他只能使出計謀，以誰能把喬森帶回城堡就能成為下任國王為誘餌，讓喬克與喬納斯兩個王子想辦法。

誰知道最後被喬納斯不擇手段帶回城堡的喬森，一眼就看出老國王的詭計，故意出言激怒他，說自己現在已經不喜歡男人，只喜歡獸人。老國王聞言果然無法接受，盛怒之下便把喬森軟禁起來。

之後喬森私下與喬克聯手設了個局，不但讓喬森順利逃出城堡、喬納斯負罪被關入地牢，本就重病的老國王更是備受打擊，最終含恨離世。喬克也順理成章登上王位，一手掌握帕里斯納王國的統治權。

本來事情應該到這就結束了，只要順利成為國王的喬克順著老國王遺願和鄰國的桑妮公主結婚，那也算是圓滿了。只是誰也沒有想到，鄰國最後前來聯姻的對象陰錯陽差變成利奧王子。

喬克本人對於婚配對象是誰都無所謂，也不認為一定要培養直系血脈作為未來的國王。對他而言比起血緣，能力出眾超群、願意付出，並且有心想讓國家發展得更好的人選就足夠了，大可在成為國王後的這些年慢慢尋找合適的繼承人。

可是薩利爾公爵卻和已故的老國王有著同樣想法，認為未來繼位的君王就該由王室血脈繼承，國王必須要有自己的孩子。

於是他擅作主張指使趁著大婚之日，將老國王生前留下來那一小罐珍貴的紫薑草花蜜加到喬克與利奧的酒裡，期望傳聞是真的能使王室迎來新血。

「哈。」利奧聽喬克說完，忍不住嗤笑出聲，「居然真的有人相信紫薑草能讓男性生育這種蠢謠言？太可笑了吧。」

喬克按了按發脹的額角，他親自審訊薩利爾整個晚上，除了得到對方親口承認確實是自己指使的以外，並沒有得到太多關於紫薑草來源的可靠消息。

尤其聽薩利爾講了無數次留有後代多麼重要後，連喬克都不免懷疑紫薑草是不是真的有這種功效。他坐到床上，一臉複雜地盯著利奧的肚子問：「你怎麼能肯定沒有？」

利奧挑眉一笑，「因為這個傳言，最早應該是從我們國家傳出去的。」

他也是偶然間聽僕從提起的，據傳薩爾瓦尼王國百年前曾經有一任國王，不近女色只好男人，養了許許多多的男寵。

那時紫薑草還沒有滅跡，雖然稀少但沒有那麼困難取得。國王為了尋求刺激與新鮮感，會在尋歡作樂時讓自己和男寵們都服用一點。

紫薑草對人類只具催情作用，那種滅頂的快感讓人難以抗拒，後來有好長一段時間，國王都浸淫在情欲之中。直到國王暮年時，不知從哪出現個孩子，國王對外宣稱是其中一名男寵親自生下，將來會成為他的繼承人坐上王位。

然而王室裡不少人都知道，那孩子實際上是某個男寵與國王表妹暗自私會時而有的結晶。

為了不讓這種醜聞流傳出去，國王隨便找個罪名將那名男寵與表妹處死，隨即命人對外放出消息，說紫薑草對人類除了催情作用，還有機會能讓男人受孕，那王子就是這麼來的。

也因為那孩子外表與國王有幾分神似，除了原本就知情的宮廷人士，幾乎沒有人懷疑傳言的真實性，於是紫薑草能讓男人懷上孩子的流言便慢慢傳了開來，直到現在都還有人相信。

喬克一方面對薩爾瓦尼王國混亂的王室內部祕辛感到嘆為觀止，另一方面又為男人確實生不了孩子這事感到鬆一口氣。

「不過那都是很久以前的事了，也無從考證具體事實為何。」利奧聳肩道：「唯一能確定的就是，男人真的不會懷孕，雄性獸人也不會。」

喬克點點頭，「現在最重要的，還是得找出這些紫薑草的來源。」

紫薑草本該滅種了，卻又不知為何會在帕里斯納王國出現蹤跡。喬克曾答應過喬森要維持王國內人類與獸人之間和平共存，紫薑草的存在很有可能會成為一大阻礙。

「我來幫你吧。」利奧忽然這麼提議。

喬克看向他的眼神帶了一點意外，下意識就問：「怎麼幫？」

「這你就先不用管了，我有我的辦法。」利奧笑著朝他眨眨眼，「等我的好消息吧。」

利奧剛去浴池洗過澡，渾身暖暖熱熱的，喬克和他靠得不算太近，也能嗅到對方身上很好聞的淡淡香氣。裸露在外頭的雪白色脖頸與喉結旁深色的指印形成強烈對比，昨晚的放縱不受控制地再一次浮上腦海。

明明被欲望支配了所有理智，肉體貼合、交纏碰撞的記憶卻還是那麼鮮明，並沒有隨著神智清醒而遺落在記憶深處。隨著記憶浮湧上來的，還有一股難以言喻的熱度。

「怎麼了？」利奧先是注意到喬克的目光，又不著痕跡地往下瞥了一眼，然後微微勾了下唇角，笑著問：「一直用這種眼神看我，是不相信我，還是在想別的？」

「沒有。」喬克猛然回神，當即否認。

「是嗎？」利奧手撐著床墊，身子往前傾了一點，向喬克靠近幾分，眼底的笑意始終沒有散去，「如果你想回味一下昨晚的事，我可以喔。」

喬克用力吞嚥了口唾液，而後扯起棉被一角往利奧靠近的臉上掀去，擋住他曖昧的視線。他長腿一跨下了床，很快轉過身去，淡淡留下一句：「我去洗澡，你先睡。」

自從利奧說要幫忙，接下來的兩個月他都早出晚歸，不知道在做什麼，更不曉得去了哪裡，又和誰混在一起。喬克也沒有特別過問，他自己每天都忙得不可開交，管不到利奧那裡。

薩利爾公爵認罪後，就和被他指使的廚師一起送進地牢等待發落。緹朵天天上門哭著為父親求情，說薩利爾也是為王室著想，只是用錯了方法，希望喬克能網開一面，饒過他一次。

緹朵天天哭得喬克腦袋發疼，但他終究沒有心軟，這天緹朵又來求見的時候，他直接把話說得很白，「不是所有事都能用為你好、為王室好，甚至為國家好來脫罪。緹朵，妳該長大了。」

「可是、可是……」緹朵抹去眼淚，想繼續辯解。

喬克卻冷著聲打斷她，「如果從輕處理，這次是紫薑草，下一次會不會是什麼奪人性命的毒藥？我不可能讓我，還有我的王后處在這種不確定的風險中。」

「我的王后」四個字就像四根又長又尖的針直刺緹朵心窩，她咬著嘴唇眼淚掉得更凶了。

喬克嘆口氣，對她下了逐客令，「妳先回去吧。念及薩利爾公爵這些年的付出和貢獻，該有的懲罰還是要有，但不會直接處死，這點妳倒可以放心。」

見識到喬克的冷漠與不近人情，緹朵這下是真的心死了，她知道再多說什麼都無濟於事，只能擦擦眼淚，難受而狼狽地轉身離開。

送走緹朵後又處理好一些公務，喬克拖著一身倦意回到寢室，發現利奧還沒有回來，於是命人準備服侍沐浴後先去泡了個澡，再度回房時利奧還是不見蹤影。

這段時間利奧本來就夜夜都回來得晚，喬克起初沒當一回事，隨意抽了本書躺到床上翻開前一次看到的地方，只是翻沒幾頁就不時抬頭看一眼時間，不知為什麼一直靜不太下心來。

雖然喬克始終想不起來那段只有利奧記得的兩人相識的過去，但這段日子的相處，他確實在利奧身上感受到一種莫名的熟悉感。

兩個月的時間也足以讓人養成新習慣，比如習慣每晚睡前總會有個人在耳邊講些沒什麼營養的廢話，或是不知羞恥地調情勾引。此刻驟然一片安靜，喬克總感覺哪裡都不對勁。

這個時間點已經超過利奧先前最晚回來的記錄了，喬克無故有些心煩，最後書也看不下去，隨手扔在一旁。正想著要問問洛肯他們知不知道利奧去了哪裡，還沒下床，房門就先被人從外頭一把推開。

「喬克，我打聽到了！紫薑草最近一次出現在諾德拉鎮的地下交易市場，那裡也是國內交易量最大的黑市據點。」

與喬克明顯的疲倦相比，利奧此時此刻臉上透著這時間不該有的神采奕奕。

喬克微瞇起眼，比起隨著推門而入的那句話，他最先注意到的，還是利奧潔白的領口上，那抹鮮紅而突兀的唇印。

兩個小時前，希米酒館。

利奧翹著一雙長腿坐在吧臺，從晚上八點一路等到十點，才終於等到姍姍來遲的女人。

他隱匿身分潛入這家酒館兩個月之久，透過每天與酒保以及各色酒客的交流打探，最後順利搭上一位名叫派樂絲的女人。據說她有著相當廣闊的人脈與管道，有任何不方便在明處交易的東西，都能透過她連接到相應的買賣對象。

利奧以買家的身分接近對方，用了不少時間與錢財與她建立起信任關係，並從中套出些關於黑市的小道消息。

派樂絲有著出眾的臉蛋，和火辣性感的身材，才一進門，就吸引無數男性的目光。利奧也在看她，眼底含著笑意。

兩人目光隔空相會，利奧示意般地舉起酒杯並挑起眉，派樂絲紅唇一勾，徑直地朝利奧的方向走去，翩翩落坐在他身旁。

利奧紳士地向酒保點了一杯甜酒給派樂絲，派樂絲大大方方地接過，一手輕晃著酒杯，另一手指間夾著張折起來的小小紙片遞向他。

「喏，你想要的東西實在太難找了，我費了好大功夫才找到一個賣家。不過他前不久才賣掉一批貨，手上也剩不多，你如果真的想要得抓緊時間。」

利奧將紙片攤開，上頭畫著簡易的地圖和聯絡人。他沒有看太久，就道謝著將紙片收起，並從口袋掏出一顆鵪鶉蛋大小的晶瑩剔透藍寶石，放到派樂絲面前桌上，「一點小謝禮。」

薩爾瓦尼王國盛產晶礦寶石，利奧當初帶了不少一起「陪嫁」過來。寶石圓潤透亮，純淨沒有雜質，內行的人一看就知道是非常有價值的上等好貨。

派樂絲以指尖輕輕捏起藍寶石，對著光線端詳片刻，而後滿意地收了起來。

「我收過不少男人送的寶石，像這麼乾淨漂亮的，你還是第一個。」派樂絲點起一支菸，吸了口就夾在指間，接著朝利奧徐徐吐出一口白煙，意有所指地嫵媚笑道。

利奧莞爾，「寶石配美人，理所當然。」

見利奧顯然在迴避她的勾引，派樂絲有些遺憾，她咬著菸頭，也不再拐彎抹角，直接道：「你長得很符合我的喜好，只要你願意，一個晚上就能讓你從此對我念念不忘，沒有男人能抗拒得了我在床上的魅力。」

「饒了我吧。」利奧半舉起手做了個投降的姿勢，笑著打趣道：「我名草有主了。」

只可惜兩個月前脖子上留下的掐痕早已退乾淨，沒有留下一點痕跡，不然利奧這個時候就會直接扯鬆領口，秀出被他的國王弄出來的一片曖昧痕跡。

「那好吧，算了。」派樂絲聳聳肩，不再多糾纏。只要求利奧陪她下舞池跳支舞，之後兩人又小聊一會，利奧就帶著熱騰騰的情報趕回城堡了。

「事情就是這樣。」利奧爬上床，把握著一路有點發皺的紙片交給喬克，「我們得從諾德拉鎮西北邊的一處暗道進城，找到一個叫考爾比的男人。」

喬克垂眼看了看紙條上的內容，然後慎重地收了起來。

利奧領口上那抹紅印實在是明顯得有些礙眼，喬克面無表情地問：「這就是你這兩個月天天晚歸的原因？」

「嗯？哦，對啊。」利奧一時沒察覺氣氛似乎變得有些不對勁，他點著頭，雙手撐在柔軟的床墊上，傾身靠近喬克，「我可是不惜犧牲時間、財富還有色相，好不容易弄來可靠的情報，值得討點獎勵吧？」

利奧臉上寫滿了要求表揚誇獎，如果這時候他變出尾巴，肯定在身後搖晃個不停。

一股很淡的玫瑰香水味與菸味隨著利奧的靠近竄入喬克鼻腔，他擰起眉抽了抽鼻子，將利奧的話打散重新拼湊，而後音調毫無起伏地複述一遍：「不惜犧牲色相，好不容易弄來的？」

利奧繼續點頭，沒注意到喬克把時間和財富自行抹掉，只留下一個犧牲色相。

「你想要什麼獎勵？」喬克問。

這次利奧不再用說的，他直接笑著往前一撲。喬克一時不察，沒做好準備接住他的力道，整個人往後一仰倒回床上。

「你、唔——」喬克一時的停頓給了利奧可乘之機，那傢伙動作快得讓人無法反應，上一秒才感覺到一片陰影壓上來，下一秒半開的嘴唇就被利奧一口吻住。

這是繼新婚之夜那場意外以來，兩個人第一次在清醒的情況下如此親密。利奧溼軟的舌尖趁勢鑽進喬克沒能閉緊的嘴裡，纏住他的舌頭。

兩個月來利奧還算安分，大多時候都只是口頭上的調戲，沒有真的做什麼。

只是兩個月的安分讓喬克差點忘了，利奧本質還是頭野獸，魯莽野蠻、不受控制、不講道理。尤其當那尖利的犬齒再度咬破他的嘴唇時，更加堅定了這樣帶著偏見的想法。

鐵鏽味霎時在兩人交纏的唇齒間蔓開，喬克眉心深鎖，一雙手虛搭在利奧腰上，沒有給予特別的回應，但也沒有推開他，就這麼隨便他自由發揮。

利奧騎在喬克身上親了足足有幾分鐘之久，等他抬起頭來拉開彼此的距離時，喬克的兩片唇瓣已經微微腫起，下唇中央還滲著血絲。

利奧滿足地舔掉唇角的水光，手一邊不老實地挑開喬克寬鬆的睡褲邊緣往裡探，輕易就摸到那根已然半勃起的性器。和新婚之夜那時一樣的地點，幾乎一樣的姿勢，不同的只有兩人這時都是清醒的，非常、非常的清醒。

在利奧將那性器圈住的同時，喬克一把握住他的手腕，沉聲問：「你要做什麼？」

利奧一副理所當然地回道：「領獎勵呀。」

喬克的手沒有抓得太緊，利奧稍微扭動一下就掙開了。他輕勾起唇，加重了手上的力道，從頂端擼動到根部，再從根部套弄回頂端。

如此反覆來回幾次，喬克能夠很清晰地感覺到自己在利奧乾燥的掌心中慢慢膨大變硬，鈴口也開始不受控制地分泌出少許腺液。

喬克的呼吸越發粗沉，每一下吐息都帶著濃重的壓抑。利奧直勾勾地盯著喬克的臉，仔細觀察他細微的表情變化，邊調整施力的位置與大小。

略帶薄繭的指腹磨過肉冠溝和龜頭時，喬克的眉心會抽動一下，喉間跟著發出一聲短促的悶哼。溫熱的手心包著莖柱揉捏摩擦時，喬克的眉頭會稍微舒展開來，吐出的氣息又長又顫。

利奧將喬克最脆弱的部位捏在手裡把玩了一會，指尖沾上不少黏滑的汁液，摸著摸著自己也起了反應，褲襠中間撐起的圓圓鼓包，壓在喬克身上前前後後地蹭。

喬克的手不知不覺間又抬起掐住利奧的腰，視線停留在他那張從容的笑臉上幾秒，又往下移了幾分，那抹鮮豔的紅色唇印再一次撞進喬克的眼底，他也說不上來是為什麼，就是有股很強烈的煩躁與反感在心頭擴散。

這種反常的感覺連帶促使他做出反常的行為，他手指緊扣著利奧的腰側，趁著對方把手抽出來要直接脫掉他褲子之際，忽地猛然使力，一個翻身將利奧壓到自己身下。

喬克甚至沒有給利奧反應時間，褪去了往日裡的冷靜沉穩，動作相當粗魯地扯開利奧的衣服，衣間的鈕釦繃落了好幾顆，布料也被扯破一道裂口。

「利奧。」喬克把那件沾著別人唇印的衣衫從利奧身上剝去，像扔垃圾一樣隨手丟到床下，同時沉下嗓音喚他：「你能不能多少有點身為王后的自覺？」

突然就被掀翻的利奧愣住短暫幾秒，偏頭看了眼地上被扯得破爛的衣服，自然也看到了上頭染上的別人的色彩，才終於意識到喬克這晚的不對勁與其緣由。

「跳舞的時候派樂絲想偷襲，我沒讓她得逞。」利奧笑著解釋：「大概是閃躲的時候沾到的，我真的什麼都沒做，真的。」

像是怕喬克不相信，利奧抬起光裸的一雙手臂繞上喬克脖頸，稍稍抬起上半身，和喬克碰了碰鼻尖，又說：「我還是挺有身為你的王后的自覺的，我很潔身自好，不信你可以檢查檢查。」

喬克看著利奧那雙碧藍的眼眸，深吸了口氣，用力拉下他掛在自己脖子上的手，眼神變得銳利，再開口時語氣中帶上幾分不容置疑，「從現在開始，你一句話都不要說。」

利奧起初沒當一回事，還故意笑著問：「那叫床呢？」

下一秒他的嘴就被喬克一掌捂住，帶著壓迫性的嗓音再度沉沉響起。喬克說：「我說了，從現在開始不准說話。」

語罷他繼續按著利奧的嘴，一邊傾過身，用空著的手去撈床頭邊一個銀灰色的小罐子。單手扭開蓋子，裡頭是白色乳狀物，透著一股香甜的花果香。

那是用帕里斯納王國盛產的新鮮花朵與果物，萃取研製而成的一種乳液，除了當作日常保養以外，還有不錯的……潤滑效用。

小野豹的命定婚儀

Snow Leopard's Destiny Marriage

第
4
章

空氣裡瀰漫著一股鮮果與體液混合，又甜又腥的奇異氣味。

喬克換了一種方式堵住利奧的嘴，他把一塊乾淨的手帕塞進利奧嘴裡，不過暫時沒有將利奧的手捆住，只是口頭警告不准拿掉，不然就要把手綁起來，利奧也就配合地乖乖咬住手帕。

喬克三根手指埋在利奧股間攪弄出一片淫靡的水聲，他的皮膚、肌肉甚至骨骼都還保留著上次的記憶，沒有摸索多久就找到能讓利奧腰腿發軟顫抖的敏感點，並對著那處拚命攻擊。

利奧嘴巴被堵著，只能發出「嗯嗯唔唔」的一些不成調呻吟，體內深處不斷湧出痠痠麻麻的感覺，腿間的性器也隨之充血漲紅。

喬克的手指很長，分明的骨節在進出間不時壓到利奧敏感的內裡，一連磨蹭許久，把利奧都磨軟了，才抽出泡得溼淋淋的手指，換上自己早已蓄勢待發的東西。

「安分一點就讓你拿掉嘴裡的手帕。」喬克跪在利奧腿間，一手握著自己抵上他鬆軟溼潤的穴口，另一手撐在他的臉邊低聲說道。

「唔唔、嗯嗯嗯！」利奧眼裡飽含著生理性淚水，用力點了點頭。

喬克盯著利奧的臉半晌，而後一邊緩緩推進，一邊低下頭用牙齒咬住露在外頭的手帕一角，完全填滿利奧的同時，也將那塊被唾液浸溼的手帕從對方嘴裡抽了出來，隨意吐在一旁床面上。

嘴巴一恢復自由，利奧又開始不太老實，用那有些啞又帶著鼻音的嗓音故意說：「想不到、啊……你還挺會玩的嘛陛下，呃嗯、輕點，太大了……」

「閉嘴。」喬克眉心一皺，將自己微微抽出一點，又猛力頂了回去。肉柱被緊致的腸壁層層裹住，強烈的快意似乎比上一次還要鮮明，畢竟上次意識不太清醒，記最清楚的還是當時的炙熱與混亂。

利奧臉上流露著明顯的歡愉，他很喜歡喬克填滿自己的那種感覺，很滿很脹，也很充實。儘管從喬克的表情來看並不是很心甘情願，不過利奧也沒那麼在意，現階段能有這種突破，他已經很滿足了，反正來日方長。

兩個人四目相對，喬克靠理智忍耐片刻，終究還是忍不住低頭吻上那雙勾人的嘴唇，學著早前利奧對他做的那樣，強勢地撬開他的牙關，舔過齒列，最終與那條軟舌糾纏在一塊。

深夜時分的國王寢殿，如果留守在外頭的侍衛仔細聽，或許能聽見令人羞臊的肉體碰撞聲，與新王后那撩人至極的嬌聲。

見深吻都堵不住利奧喉間的呻吟，喬克稍微停下下身的動作，略帶懲罰性地咬了咬他的下唇，含糊道：「小聲點，是想讓外面的人都聽到你的叫聲嗎？」

「唔，你動一下，別停啊……」利奧抬起腿環住喬克緊實的腰，主動動了動屁股，有些不滿喬克突然停下，「反正別人、只聽得到又幹不到，啊……不覺得想想、還滿刺激的——、哈啊——」

喬克聞言半瞇起眼，用力往利奧身體裡一撞，直直撞進最深處，直接將他的尾音撞得破碎不堪。房內一時間只剩下毫不間斷的啪啪聲響，和彼此深淺不一的交錯喘息。

喬克的肉棒被箍得很緊，每一下抽插都用上不小力氣，莖柱沾滿了黏滑的淫液，那張絞著自己的小口周圍也裹著一圈白沫。

喬克雙手撐在利奧兩側，喘得越來越厲害，他從利奧的嘴唇啃到頸側，又一路往下咬至鎖骨，再到乳尖，在白皙的皮膚上留下一個又一個曖昧的咬痕。

「嘶……你咬輕點。」利奧揪住喬克的頭髮，把他的腦袋從胸口拉開一些，「這麼愛咬人，不知道還以為你才有獸人血統呢。」

喬克微停滯幾秒，再低下頭時動作真就放輕了許多，一雙薄唇抿著那顆挺立的小小乳粒，時而吸吮、時而用舌尖撥弄。

那種難以形容的酥麻感遍及利奧全身，他手臂上起了細小的雞皮疙瘩，立在腿間無人問津的性器可憐兮兮地獨自流水，他沒有特別去碰自己那裡，龜頭還是有種痠脹得亟待噴發的感覺。

喬克下身聳動的速度越來越快，利奧不自覺地仰起下巴，脖頸拉出一道漂亮的弧線，凸出的喉結顫動，細細綿綿的呻吟不斷自口中溢出。

經驗不足的兩個人在如此強烈的刺激下，很快雙雙都到了極限。

喬克鬆開那粒被自己吸得紅腫的乳頭，遵循本能重新吻上利奧不斷發出悶哼聲的嘴，唇齒交纏間，兩人幾乎同時達到高潮，一股股濃白精水把彼此和床都射得亂七八糟。

喬克沒有壓著利奧太久，射完一次之後他就慢慢抽出疲軟下來的陰莖，而後翻過身，躺到利奧身側喘氣。高潮的餘韻持續了一小段時間，利奧小腹痙攣抽搐，舒服得一路到腳趾都是麻的。

過了良久，利奧才終於緩過來，低下頭看了眼自己有些慘不忍睹的身體，上頭充斥錯落凌亂的齒印與紅痕，又偏頭看了看不久前被喬克扯破扔到地上的那件衣服，忽然笑出聲，用那被情欲浸染過後的沙啞嗓音對喬克說：「你其實是個控制欲和占有欲都很強的人吧。」

「……你說什麼？」

「這種欲望和愛情也許無關，可能就只是你的習慣，習慣把屬於自己的東西都掌握得牢牢的。」

利奧補充道：「就比如，雖然你對我一點感情也沒有，但我現在畢竟是你的王后，從屬於你，所以你要求我檢點，不能和別人有不三不四的關係，只能忠誠於你。」

喬克沒有應聲，只是用有些錯愕又有些複雜的眼神看著利奧。他驚愕於利奧確實說對了大半，他的確慣於將屬於自己的東西掌控在手中，一旦有任何無法控制的突發狀況，就會打從心底感到焦躁。

以往他總能用一貫理智沉穩的面具好好藏住那樣的情緒，不讓旁人看穿，可是不曉得為什麼，面對利奧的時候就很難將所有情緒妥善地收住。

第一次勉強還可以歸咎是受紫薑草影響神智不清，但這一次，他確確實實是在清醒的狀態下，沒能抵擋住利奧的勾引和壓下自身情緒，與對方再一次有了深入的連結。

「沒有，你想多了。」喬克別開頭沒有承認，只是有些生硬地說：「我只是不想哪天聽到有損王室形象的流言蜚語在民間傳開。」

「你說沒有就沒有吧。」利奧聳肩，並不是很在乎喬克承不承認，只接著他的話回道：「不過你放心，我有化名，況且那種小地方，根本沒有人知道我是誰。」

利奧邊說邊按著床墊想起身，結果後腰連著腿根一陣痠軟，險些沒撐住，直接倒回床上。

「嘶——啊……」利奧眉心輕攏，反手揉著腰，半真半假地向喬克抱怨：「你幹得也太狠，我腰都沒力了。」

「是你自己要的獎勵。」喬克眉頭一皺，沒有打算負起這個責任。

「那我現在要洗澡了，一起嗎？」利奧笑咪咪地問。

喬克掃了幾眼狼藉的床面思忖片刻，而後無聲嘆了口氣，認命地跟著利奧一起下了床。

深夜時分，國王專用的浴廳裡還響著嘩啦啦的水聲。

利奧站在水池旁，扶著牆翹起臀，好不容易才把喬克剛剛射到身體裡的東西掏乾淨，又往自己身上抹了一堆白色泡沫，一邊哼著不知道什麼來頭的曲調，一邊東搓搓西揉揉。

喬克泡在注滿溫熱水的浴池裡，他是真的沒有想要看，但利奧就在正前方一抬頭就會不慎看到的位置，他只能把那傢伙溼身沐浴的畫面收入眼底。

很快喬克就察覺到不對勁，他發現利奧不知道什麼時候變出尾巴，正抓在手裡用滿是泡沫的手搓著，再往上一點，溼漉漉的頭頂上甚至冒出一雙白底灰斑的豹耳，耳尖有一下沒一下地動著。

利奧舀水沖掉泡沫時注意到喬克凝滯在身上的目光，好笑地晃了晃尾巴說：「嗯？又不是沒看過，怎麼還看傻了。」

「你怎麼突然就……」喬克一時找不到詞，嘴唇張動了一會，最後不太確定地吐出兩個字：「……變身？」

「變……」利奧頓了一下，隨即笑出來，「好吧，要這麼說也沒有錯啦。雖然我一般都是以人類的形態活動，不過偶爾還是要洗洗獸形的部位。你要是有興趣，下次我可以……變身成全獸形態，讓你幫我刷刷皮毛。」

「不用了，沒興趣。」喬克一秒回道。

利奧把全身都沖乾淨以後也跟著泡進水池裡，舒服地長長哈出一口氣。他靠在池邊閉著眼享受片刻，而後掀起眼皮，看向坐離他兩三公尺遠的喬克，沒來由地問道：「說老實話，你對獸人是什麼想法？」

喬克不曉得利奧為什麼這麼問，但他想起從前見過的失控獸人，遲疑了一下，還是老實說：「怪物。」

利奧毛茸茸的耳朵動了動，又問：「那變異獸人呢？」

「更可怕的怪物。」喬克說：「無聲無息地潛伏在人群之中，完全無法預料什麼時候會顯露出本性。」

利奧看著喬克，眼底的笑意減去幾分，嘴角自嘲地勾了一下，「你知道嗎？世界上沒有任何一個人能夠決定自己的出身，人類、動物、獸人、變異獸人都一樣，體內要留著哪一種血，都是出生前就被決定好的。」

喬克有些意外利奧會突然說這些，用的還是和平日差異甚大的認真口吻，語氣裡似乎還含著有些耐人尋味的惆悵與不甘。

「沒有人希望自己一生下來就是……怪物。」利奧掬起一捧水，溫熱的水流從指縫間嘩嘩落下，他盯著波動的水面，聲音慢慢低了下去，「如果可以，我也希望自己只是個普通人類，沒有人會想因為那根本無法改變的血緣，一出生就受盡各種不公平的對待吧。」

「你……」

「所以喬克——」利奧把手放回水下，重新抬起眼眸，定定地看著面前的男人，朝著他露出一抹微笑，停了一下才又繼續說。

「如果在你任內，獸人和人類之間的不平等能夠減少一點，哪怕只是一點點，哪怕這種平等只存在帕里斯納王國裡，我也會非常非常，非常感激。」

這兩個月來喬克幾乎已經習慣利奧總是不太正經的模樣，這麼認真的語氣和眼神還是第一次看見，彷佛能聽出每一字每一句中滿含的殷切期望，進而有種很奇妙的感覺從心底深處蔓延開來，令他鬼使神差地點了下頭。

利奧和喬森有著幾乎相同的訴求，喬克之所以會答應喬森，大多是出自於對方助他上位的感謝之情，但會答應利奧，卻是由於心中那股突然冒出的……於心不忍。

在難得且短暫的交心時間過後，利奧問喬克接下來打算怎麼做，喬克思考了一會才說：「喬森與他的狼人伴侶定居在諾德拉鎮附近，我想先去拜訪一趟。」

「找他們？」

「嗯。」喬克點頭，「別的我不敢保證，但這次涉及獸人，我想他應該會願意幫忙出點主意。」

「你見過他的獸人伴侶嗎？」利奧忽然問。

喬克回道：「見過一次。」

「有什麼想法？」利奧笑著又問，語氣裡似乎有種試探的意味，「怪物？」

喬克抿了抿唇，他當初確實是這麼想的，但並沒有馬上回答。他總覺得利奧好像不是很喜歡「怪物」這個詞，於是想了想，最後只說：「沒什麼特別的想法。」

「是嗎。」利奧輕哼一聲，抓了抓腦袋上的獸耳，沒有再繼續這個話題。

三天後，諾德拉鎮附近一處人煙罕至的地方。

喬森抱著滿滿一籃剛採摘下來的新鮮蘑菇，邁著輕鬆愉快的步伐踩過地上落葉，伴隨著一陣沙沙聲響，還沒到門口，他就先揚聲喊道：「納特，我採了好多蘑菇，今晚可以煮一鍋蘑菇濃湯來——」

在看見熟悉的家門外立著幾名不速之客，而他的狼人正被人團團包圍，喬森的尾音戛然而止，登時扔下手上的籃子快步跑了過去。

「喬克！」也就短短幾秒的時間，喬森已經跑到那群人中間，站在喬克與他的狼人之間，張開手一臉警戒地問：「你不是答應過我，只要幫助你當上國王，就不會再來找我們麻煩嗎？現在又是在做什麼？」

「喬森，沒事。」納特伸出爪子搭上喬森的後頸，安撫地摸了摸，「他們什麼也沒有做。」

聽到納特的話，喬森繃緊的肩膀放鬆了一點，臉色仍有些警戒，掃視一圈喬克和他帶來的人，視線最後停在和喬克並肩站著，和其他士兵穿著打扮差異甚大的利奧身上。

利奧朝他莞爾一笑，主動伸出手，向他們兩個自我介紹：「嗨，我叫利奧，是你們的……新嫂嫂。」

空氣彷彿有幾秒鐘的凝滯，以洛肯為首幾個排排站的士兵勉強維持著專業素養，表情只有很細微、肉眼難以察覺的抽動。喬森身上原先那些尖銳和戒備褪去了大半，取而代之的是一陣錯愕，連他身後的納特都有些愣住了。

喬克看著眼前彷彿時間被靜止了的畫面，無奈地低嘆一聲。

幾名士兵被安排到有些距離的樹林邊紮營，只有喬克和利奧被喬森勉為其難地請進那棟不算大的小木屋。

這棟小木屋在幾個月前遭喬納斯帶人放火燒毀了一部分，後來喬森和納特花費不少時間修補好毀損的地方，又將屋裡重新裝修過，雖比不上城堡那般華麗堂皇，但也足夠溫馨。

一進到小木屋裡，納特就抱著剛剛被喬森扔在半路的那籃蘑菇進了廚房，喬森隨手推過兩把又破又矮的凳子給那兩位不請自來的訪客後，也跟著進到廚房裡，直接將喬克和利奧晾在外頭。

喬克在那張椅凳上坐得並不是很自在，他稍微一動椅腳就發出嘎吱嘎吱的聲響，好像再大力一點就會斷掉。倒是一旁的利奧好像很喜歡這把矮凳，一直故意動來動去發出那種聲音，玩得很開心的樣子。

喬克沒有理會他在幹嘛，抬頭環顧了一圈屋子裡的擺設。他之前來過一次，不過只留在門外面，當時只想著盡快把喬森帶回去，讓老國王認可自己的能力，沒有認真觀察過這個地方。

那時候他只覺得這裡不過就是個杳無人煙的破地方，搞不懂喬森為什麼寧可待在這裡，也不願意回到城堡向父王低頭。可是現在看著這一人一獸親手妝點出來的「家」，他忽然好像有些明白其中的原因。

喬克和利奧在客廳等了許久，不斷有濃濃食物香氣從廚房飄散出來。他們趕了一天的路，路上除了一點果腹的乾糧和水以外，沒有吃其他東西，現在聞著濃郁的香味，兩個人肚子都不由自主地咕嚕咕嚕叫出聲來。

他們互看一眼，利奧率先笑了，摸了摸肚子說：「我餓了。」

喬克抿了下唇，表情有點尷尬。他也餓了，卻無法肯定喬森會好心分他們一些食物。

幾分鐘後納特端出正冒著騰騰熱氣的大鍋徑直走到外頭，給那些已經升起火堆野炊的士兵們加點菜。

與此同時，喬森也用各種香氣四溢的食物將餐桌填滿，在喬克有些意外的目光下，語氣中帶著一點不情願地喊他們兩個過去吃飯。

滿滿一桌都是簡單的家常菜色，但看起來相當美味豐盛。

飯席間喬克也說明了來意，喬森越聽越忍不住皺眉，他當然知道紫薑草，也知道紫薑草對獸人的影響多大，只是從來沒有親眼見過，更沒想到應該已經絕種的東西，竟會重新出現在王國裡。

喬克說得很詳盡，除了利奧的血統和新婚夜晚失控的情事以外，其他能說的都說了，包含與薩爾瓦尼聯姻時的意外、老國王生前對喬森婚姻大事的盤算，以及薩利爾公爵的自作主張。

喬森看著利奧恍然大悟，「哦，我知道了，難怪父王當初突然對我喜歡男人這件事妥協，還要我跟鄰國王子結婚，原來是想讓我跟你生孩子。」

納特拿著湯碗的手一抖，盛滿的濃湯險些灑落。

利奧附和地點著頭，回道：「雖然不知道是想讓我們兩個誰生，但應該是我沒有錯。」

喬克放下手中的湯碗，輕輕咳了聲。

既然要請他們幫忙，利奧覺得也沒什麼好隱瞞的，直接表明自己變異獸人的身分。喬森聞言「啊」了一聲，推了推身旁的納特，向他說道：「怪不得你剛剛說他身上有種跟你很相似的氣息，原來是這樣。」

方才在廚房裡準備晚餐時，喬森一直不是很高興，覺得喬克不守信用，明明之前都說好了，卻還要來打擾他和納特的兩人世界。

喬森一個人悶悶不樂，納特卻若有所思，猶豫了一會才不太確定地和喬森說，他覺得利奧身上有著和自己相似的氣息，懷疑對方身上可能也流有獸人的血液。

喬森原本覺得只是納特想太多了，畢竟利奧看上去人模人樣，一點獸人的樣子都沒有，還有些故意地語帶醋意說納特太關注別人了，沒想到納特的直覺是準確的。

「大屠殺那年，我和母親與一些獸人逃到月麓山腳下的一處山洞避難，在那裡遇到兩位狼人。現在想想，他們和你好像有點像，耳朵周圍都長著一圈白毛。」

利奧目光轉向喬森身旁的狼人，回憶著許久之前的過往。

「月麓山那時候也不安全，才待幾天就有人類找過來了。我們得盡快轉移到新的安全地點，但那兩位狼人不願意和我們一起離開，因為他們和唯一的孩子在月麓山走散了，想留在那裡繼續尋找孩子的下落。」

納特聽完眼睛頓時亮了起來，說：「我和我父母就是那年在月麓山走散的，你見過他們？」

「我也不確定，但是和你真的滿像的。」利奧看著納特有些殷切期盼的眼神，嚥了口唾液，感覺到喉嚨流過一抹淡淡的苦澀。

「他們兩位是很英勇的狼人族勇士，雖然最終仍不敵人類的槍砲子彈，但他們確實保護我和母親走了一段不短的路，讓我們順利逃到更安全的地方。」

納特消化了一下才聽懂利奧話裡的意思，剛剛發亮的眼睛頓時變得黯淡，耳朵也微微垂了下來。雖然已經過這麼多年，他也早就不抱能和父母重逢的期望，只是當真的從別人口中聽聞他們的死訊，心裡還是有點難受。

喬森握住納特的狼爪，側傾過身輕聲安撫他，「沒事的，納特，你還有我。」

納特鼻尖抽動，喉間發出很低很沉的一聲「嗯」。

飯桌上的氣氛變得有些沉重壓抑，利奧說了不少逃難時的經歷。他那時候雖然還小，但對很多事印象都相當深刻，就像刻在骨頭上的印記，可能一輩子也忘不了。

利奧幾乎一直在說話，盤裡的食物都沒怎麼動過。喬克本來和其他兩人一樣聽得很認真，他十歲以前的記憶都是模糊且破碎的，而那場屠殺正是發生在他十歲那年，他也想知道那段自己毫無印象的時光裡，究竟發生過什麼。

只是當發現利奧只顧著說話，不記得要吃東西時，他想起不久前那傢伙才和自己喊好餓，便在對方一個話音停頓的間隙打斷，伸手分了塊肉到他盤裡，

「先吃飯，等等再說。」

利奧大概沒想到喬克會主動分菜給他，有些受寵若驚看著盤裡的食物。

對面的喬森也注意到他們的互動，他雖然很久沒有回去城堡和喬克生活在一起，但印象中喬克向來冷淡，對誰都一副淡漠不關心的模樣，記憶裡好像沒見過他對誰有過這種舉動。

喬森含著叉子尖端，頗有些意外地挑起眉。

小野豹的命定婚儀

Snow Leopard's Destiny Marriage

第5章

飯後喬克被喬森支使去洗碗。堂堂一個尊貴的國王，在繼位前也是養尊處優的大王子，哪可能做過這種家務事，洗起碗來動作相當生疏又顯得笨手笨腳，衣服都被水噴溼一大塊。

等喬克好不容易將四人份的碗盤清洗乾淨，又被喬森喚去擦桌子、拖地板，等全都收拾完回到客廳，發現其他幾個人都不在屋裡。

小木屋的大門敞開著，喬克走過去一看，喬森正面無表情地倚在門邊，手裡拿著一顆又大又飽滿的梨子喀嚓喀嚓地咬著。

喬克順著他的目光看過去，只見利奧和納特兩人蹲在不遠處的小河邊，可能正繼續聊著方才餐桌上的話題。畢竟兩個人有著相似血脈和境遇，利奧與納特一見如故，餐桌上說得不夠盡興，下了桌後也還要黏在一起。

這畫面實在讓身為納特伴侶的喬森看得有些刺眼，儘管如此，他還是沒有上前打擾。因為他知道納特是真的很在意那年發生的事，也很想知道自己以外的同類過去都經歷過些什麼。

於是喬森只能把這份不滿發洩在喬克身上，使喚他做這個做那個，看著高高在上的國王陛下捲起袖子，生澀地做著那些不該他做的粗活，心裡才覺得舒服一些。

喬森拋了顆小一點的梨子給走到身旁的喬克，和他說：「明天晚上我和你們一起去諾德拉鎮，人不要太多，就我跟你跟……嫂嫂？」

「……他叫利奧。」

「哦。」喬森無所謂地應了一聲，接著說：「如果不放心，最多就再帶你那個大塊頭的侍衛長，太多人一起行動很容易引起懷疑。」

喬克認同喬森的提議，之後兩個人又聊了一下，話題突然帶到正被監禁在地牢的喬納斯身上，喬森問喬克：「喬納斯被關著還安分嗎？」

「多少有一點小動作，不過有加派人手盯著，不會讓他有機會逃跑。」喬克語氣平平地回道，眼神卻始終落在不遠處的那兩人身上。他的視力很好，在僅有月光的映照下，還是能將利奧的側臉與靈動的表情看得很清楚。

「你們自己最好多注意一點。」喬森冷哼一聲，「他當時已經策劃謀反，據說連外援都找好了，要不是被我們聯手殺個措手不及，現在誰當國王還不一定呢。依我看，最好是找個名目盡快把他處決以防後患，不然留著那傢伙，誰也不能安心。」

喬克側眼瞥了喬森一眼，薄唇動了動，「你和喬納斯，在某些地方真的挺相似的。」

他與喬森同父異母，但喬森與喬納斯確實是同父同母的親兄弟，兩個人除了長相以外，其他地方很少有相似之處，但偶爾喬森的一些言行和手段，會讓他不由自主地想到喬納斯。

只不過喬森比喬納斯有頭腦多了，不像喬納斯衝動又魯莽，最後搞得自己怎麼被打入地牢的都不知道。

喬森像是聽見什麼荒謬至極的話，用力擰了下眉，狠狠咬了一口梨子，邊嚼邊說：「別拿我跟那個沒腦子的傢伙比。」

喬森是真的打從心底厭惡喬納斯，幾乎到了聽見別人提起他的名字都會噁心的程度。喬克索性不再提，手裡捏著喬森拋來的水果，也沒有吃，就這麼繼續看著眼前旁若無人暢聊的利奧與納特。

喬克和利奧明明有過最親密的負距離深度交流，利奧也從不吝於表現出對喬克的好感與欽慕，但從剛才吃飯開始，聽他講述那些從沒對自己提起的過去，到現在和那頭狼人單獨坐在一起有說不完的話時，喬克越發覺得心裡有些不是滋味。

「真難得啊，以前也沒見你這麼在意誰過。緹朵那麼喜歡你，你也不曾關心過她餓不餓，有沒有吃飽。」

「城堡裡不會有人餓肚子。」喬森帶著一絲調侃語氣的話鑽進喬克耳朵裡，喬克皺了皺眉，只接著說：「利奧說我和他以前曾經見過，雖然我沒有絲毫印象，但對他確實有種很特別的熟悉感。」

喬森扯開嘴角，勾出一抹有些嘲諷的笑容說：「如果父王還在世，真想看看他知道你和我一樣喜歡男人，會是什麼反應。」

「我不喜歡男人。」喬克立刻出聲否認。

「哦，對，不是男人，是公的變異獸人。」喬森聳了聳肩，「你比我更厲害，喜歡更稀有的物種。」

「……」喬克聞言徹底不想說話了。

這邊的兩個人幾乎無話可說，那頭河邊的兩人卻還像是有著說不完的話。

也不知道他們聊到什麼，納特露在褲子外的尾巴左右搖晃了起來，那是他激動或者高興時才會有的反應。喬森見狀嘖了一聲，有些不悅地開口：「能不能讓你的王后收斂一點，不要勾引我的狼人。」

喬克看著利奧帶著笑的側臉，想也沒想地回嘴：「你才該讓你的狼人收斂一點，別隨便對著別人搖尾巴。」

當天晚上喬森大發慈悲地讓喬克和利奧留宿在小木屋，但那幾個侍衛還是只能守在樹林邊，並且要輪流站崗守護小木屋的安全。

納特收拾出一間空房給他們，就在喬森和納特平時睡的房間隔壁，替他們鋪好床、放好枕頭和被子，說聲「早點睡」後就先離開了。

利奧站在床邊揮手，直到房門被帶上才將手放下。喬克看著他似乎還有些依依不捨的模樣，皺眉問道：「你和他有這麼多話好聊？」

「嗯。」利奧回過身，嘴角仍帶著笑意，「難得遇見同類，還不用特別隱藏身分，就忍不住多聊了一點以前的事。怎麼了?覺得我冷落你了嗎?」

利奧邊說著邊笑嘻嘻地坐到床上，抬手往喬克的脖子上摟。

喬克拉下利奧的手，冷淡地說：「沒有。」

「如果想知道以前的事，我也可以告訴你喔。」利奧說。

喬克一時間沒有出聲，他確實想知道在自己缺失的那段回憶裡，和利奧有過什麼樣的交集，也想知道對利奧的熟悉感究竟和那段過去有沒有關係。

「我——」喬克才剛開口說一個「我」字，隔壁房間忽然傳來不小的碰撞聲響。

利奧和喬克兩人同時一愣，他們互看一眼，利奧眨了眨眼，率先開口：「他們這是……打起來了?為了我嗎?」

喬克也不知道，但認為喬森和納特應該不至於為這種事打起來，他們看起來感情這麼好。雖然如果喬森真的要打架，納特應該也反擊不了就是了。

果然隔壁在安靜片刻之後，又傳來不一樣的聲響，是有點粗重、帶著點急促的喘息。

小木屋的隔音很差，房間與房間之間的牆板薄得不足以將聲音隔絕在外，他們坐在床上，和與隔壁房間相連接的牆壁有著一點距離，都能隱約聽見狼人那獨有的低沉嘶啞的嗓音說：「喬森，等一等……」

緊接著又是一連串的碰撞摩擦聲，喬森像是沒有一點耐性，牆的這端都能聽見他含含糊糊地說「我不想等」，又語帶醋意說「你剛剛對著別人搖尾巴」。

喬克和利奧面面相覷，誰也沒有料到喬森會如此大膽，明知道隔壁房間還有人，也知道這裡隔音並不好，還是故意說些引人遐想的話。

隔壁的聲響還在繼續，似乎還有越來越激烈的趨勢。喬克面露尷尬，他一點也不想聽自己的弟弟與獸人親熱的全部過程。

反觀利奧卻顯得興致勃勃，甚至下了床，光著腳踩在木地板上，輕手輕腳地湊過去，側著臉把耳朵貼到牆上，就想聽即時現場。

「利奧，別聽了，回來睡覺。」喬克表情複雜地叫喚他。

「噓。」利奧豎起食指抵在嘴唇前，用氣音說：「開始了開始了。」

其實他不用說喬克也聽得到，隔壁的喬森彷彿就是故意的一般，完全沒有在顧及音量與說話的尺度。

「納特、快點，我已經把那裡弄軟了，嗯……」

「小聲點，隔壁有人。」

「管他們，說不定等等他們自己也搞起來了。嘶……好燙。」

「喬森……」

「啊、啊，好脹、好滿，全部都吃進去了，你看……啊啊、別頂那麼重——」

「你自找的。」

「哇哦。」再後面就是一連串又重又響的啪啪聲，讓利奧忍不住發出感嘆，對著喬克說：「聽說狼人的陽具尺寸非常可觀，你弟弟居然能夠全部吃進去，真厲害。」

喬克臉色一陣青一陣紅，偏偏隔壁的呻吟與碰撞聲又沒有一點要停止或趨緩的態勢，他只能沉聲喚著利奧：「別聽了，回來睡覺。」

而利奧向來不受喬克控制，一個人趴在牆上聽得津津有味就算了，看向喬克的眼神還越來越不對勁。喬克嚥了口唾液，目光戒備地盯著他問：「你想做什麼？」

「我想做什麼啊……」利奧舔了舔牙尖，露出一抹有些不懷好意的笑容，「我想做……和你弟弟一樣厲害的事。」

喬克萬萬沒想到事情竟會發展成現在這種地步。

本來他並不打算理會利奧赤裸裸的引誘，更沒有做愛給別人聽的興致，而隔壁激情的聲響也在半個小時後終於稍稍停歇下來。原以為這段失控的插曲就到此為止，怎料過沒幾分鐘，牆板後又響起一陣窸窣聲。

這次那聲音離得更近了，幾乎就貼在利奧靠著的那面牆。

利奧很清楚地聽見喬森說要再來一次，這次要納特抱著他壓在牆上幹，納特說該休息了，尾音卻突然轉為一聲悶哼，緊接著就聽見喬森叫到沙啞的嗓音，說納特明明就還這麼硬，一點都不像是想休息的樣子。

這下可激起了利奧的勝負欲，他聽了人家整整半小時的激情現場，要說沒有一點心癢那是不可能的。喬森實在太會嬌喘，一聲比一聲還要黏膩淫浪，尾音勾人心弦，伴隨著狼人嘶啞的喘息，聽得利奧渾身都發熱起來。

利奧直勾勾地盯著盤坐在床上臉色鐵青的喬克，一雙手往下探，鬆開自己的褲頭向下拉動幾分，露出底下白皙而平坦的下腹，淺淺的曲線一路沿伸進更深處的隱密地帶。

喬克別開目光，想著不要去看就好了，直到聽見利奧略帶挑釁地說了一句：「你再不過來，我可要去隔壁觀摩狼人是怎麼跟人類做愛的了，還有那根東西是不是真的很大。」

明知道那傢伙肯定只是嘴上說說，不可能真的跑去隔壁，但利奧這番話還是成功挑起喬克心中那股濃烈的獨占欲。

他抬頭半瞇起眼看向利奧的同時，也想到對方不久前才和納特坐在河邊大肆聊天的畫面，於是沉著臉下床，帶著強大的氣場一步步朝牆邊那人逼近。

喬克比利奧高了近半顆頭，他幾步來到那人身前，捏住利奧的下巴抬起，居高臨下地凝望著利奧的眼眸問道：「是不是非得做那種事，你才肯安分聽話？」

「那得看你的能耐了。」利奧絲毫沒被喬克銳利的眼神嚇著，笑著伸手勾住喬克的脖頸，湊近他的嘴唇並壓低聲音說：「要是你能把我幹到腿軟，我就什麼都聽你的。」

遠處的樹林邊，洛肯將幾根乾枯的樹枝丟進營火堆中。灰白色的煙霧向上繚繞，刺鼻的煙味與燃燒過後的灰燼隨著風鑽入鼻腔，讓他一時沒忍住連打了兩個噴嚏。

「你沒事吧，隊長？」一旁和洛肯一起在這個時段站崗的士兵出聲關切。

「沒事，鼻子有點癢。」洛肯吸了吸鼻子，從口袋裡摸出一塊乾淨的手帕擦臉，而後摺疊整齊，重新收回口袋裡。

洛肯長得高大粗獷，在一些細微末節的小事上卻意外地相當仔細。

守夜是很無聊的一件事，尤其在這種幾乎無人會造訪的偏荒地帶，但有上頭的命令，他們也不能擅自離開崗位，只能靠著說說話來減低睡意。

他們一人一邊坐在火堆旁烤火，那士兵忽然問：「隊長，你覺得人類跟獸人之間，真的會有和平的一天嗎？」

「我不知道。」洛肯遙遙望向那處同時住著人類與獸人的小木屋，老實回道。

洛肯確實不知道，他本身對獸人並沒有什麼偏見或想法，覺得他們與一般人類沒有太大的差異，只是長相、習性與生活環境和人類比較不一樣。

但也就是這種不一樣，以及數量上的不平衡，再加上各種對獸人不利的流言四處傳播，才導致這麼多年來獸人一直屈居弱勢，並且無人為他們發聲。

「其實我覺得獸人沒有大家講的那麼可怕，還是有很多善良的獸人，只是被人類逼到走投無路，才會露出凶狠野性的一面以求自保。」士兵說。

「我小時候有次貪玩落水差點就溺死，最後是被一隻鹿形獸人救起來的，只是我還沒緩過來道謝，他可能怕引起其他人類注意就匆匆忙忙跑了，至今也沒再見過他。」

洛肯靜靜地烤著火，抿著唇沒有說話。

「如果世界可以再公平一點就好了。」士兵踩著腳下乾枯的落葉，感慨道：

「獸人不是全部邪惡，人類也並非全然善良，如果能夠把彼此好的部分中和起來，不是很好嗎？」

雖然可能有些過於理想化，但洛肯默默在心底表示贊同，並期許在喬克的統領下，和平的那一天能夠盡早到來。

然而此時此刻的喬克，對不遠處心腹懷抱的期盼與冀望渾然未覺。

一層薄薄的牆板兩側，利奧與喬森一絲不掛，以幾乎相同的姿勢背靠著牆，雙腿大張掛在身前同樣赤身全裸的人臂彎處，溼紅的股間都埋著一根碩大的肉棒，把窄緊的穴口撐到最開，不斷地來回快速摩擦裡頭的軟肉。

耳邊利奧的叫聲幾乎和一牆之隔的喬森的重合在一塊，喬克一邊覺得自己一定是瘋了，但又難以停下下身的動作。利奧的體內又溼又軟，喬克才一進入就感覺到莖柱上每一寸皮肉都被緊緊裹著吮吸，酥麻的快感一路直衝腦門。

「啊、啊、好棒……」利奧雙臂緊緊攀住喬克的肩膀，指甲尖端淺淺陷進他的皮膚，抓出一道道細小的紅痕。像是在和隔壁競賽一般，利奧張著嘴，不斷吐出一聲聲淫聲浪語：「再重一點、哈……就是那裡，對，啊啊——」

木屋裡的牆壁是用一塊塊人工打磨過的木板堆砌而成，表面看起來是平滑的，實際上還是有一點一點凸出的碎屑和顆粒，磨得利奧後背火辣辣的，疼痛中又夾雜著絲絲快意。

喬克被利奧毫無克制的浪叫聲弄得耳朵陣陣發熱，最後終於忍無可忍，一面又重又快地往上頂，同時用嘴將他的聲音盡數堵在喉嚨裡，只剩下破碎含糊的呻吟。

他們在這頭正幹得火熱激烈，牆後的喬森和他的狼人也不遑多讓。

納特粗硬的肉棒把喬森攪得一蹋糊塗，凸起的傘端抵著他最柔軟敏感的那處反覆地磨蹭，磨得喬森陰莖漲紅出水，可憐兮兮地立在腿間。

「納特、納特……」喬森急促地喘著氣，一隻手抱著納特的肩膀，另一手從他的腰側向後探，一把握住那根毛毛刺刺的尾巴，使勁扯了幾下，「你以後、哈嗯……以後不可以再對著別人、搖尾巴，我不喜歡。」

納特用鼻子頂了頂喬森的頸側，啞聲說：「不會了，你別不高興。」

在今天喬克和利奧找上門來之前，納特一直都是喬森一個人的，包含所有情緒、關注、欲望，統統都該是他的，一分一毫都不想和任何人分享。

那時沒有上前打擾不代表他一點也不介意，要是不介意，就不會故意安排那兩個人住進隔壁房間，並且在明知道隔音很差的情況下，毫不避諱地勾引納特做著最親密的事。

只是喬森沒有想到，他原來只是想宣示主權，怎料隔壁那兩個聽著聽著，還真的就忍不住也搞在了一起。

這對習慣和納特兩人世界的喬森來說確實有些新鮮，儘管他們兩對看不見彼此，但聽著聲音也同樣能讓人感覺到前所未有的興奮與刺激。

喬克敏銳地注意到牆上的細碎顆粒，他擰了擰眉，舌尖退出利奧的口腔，也同時抽出自己紅通通泛著滿滿水光的肉具，把那兩條白皙的長腿放了下來。

在利奧發出不滿的哼吟聲時，略為粗魯地把人翻過身去，讓他改成雙手撐在牆上，背向自己塌腰抬臀的姿勢。

喬克垂眼看去，那白皙的後背果然被刮出一大片紅印，刮得最深的一道傷口還隱隱滲出一點血珠。

「你怎麼……」喬克嘴唇張了張，手指很輕地撫過利奧後背上的紅痕，「你沒感覺痛嗎？」

利奧「唔」了一聲，手撐著牆吃力地回過頭，也看不太清自己的後背現在是什麼模樣，只知道比起背上那點無關緊要的刺痛，肉穴裡驟然空虛才更讓人難以忍受。

「癢……」利奧吞了口唾液，一隻手反伸向後，握住喬克腿間滑膩的性器，往還未閉合的肉穴裡塞，「別停、快點，繼續幹我……」

龜頭被吸附住的瞬間，喬克倒吸了口氣。他低下頭看，除了看見利奧是怎麼將自己吃進去以外，赫然發現他的腰間尾段不知何時覆滿了帶著豹紋的短刺白毛，尾椎連接臀縫的地方，一條尾巴急速地竄了出來。

喬克嚇了一跳，反射性捉住那根只見過幾次的獸尾，一個不小心用了太大的力道，利奧吃痛地長長「嘶」了一聲，轉頭帶著濃濃鼻音埋怨，「痛……現在感覺到痛了，叫你幹我，不是叫你扯我的尾巴。」

「抱歉。」喬克下意識鬆開手道了聲歉，接著才反應過來問道：「你的尾巴怎麼又冒出來了？」

「舒服過頭了，有點控制不好平衡。」利奧說著，一邊用粗糙的尾巴去蹭喬克的腰，「快點，你要是再磨磨蹭蹭，我就真的去隔壁了。」

兩個人的下身還連在一起，喬克稍稍一頂，那被抽插得發軟的肉穴一下就將自己完全吞沒到底。

除了一小片獸皮和連接著的尾巴，其他地方仍維持著人形，眼下的畫面深深刺激著喬克的視覺神經，明明應該覺得怪異，卻又有種說不上來的……令人血脈賁張。

喬克下腹繃得很緊，每一下都將自己抽出大半，再重重往深處頂回去。利奧被他撞得腿軟，手指在牆上無力地抓握，卻什麼也沒有抓住。

那條獸尾軟軟地垂著，隨著喬克的動作刮得他皮膚有些刺癢，喬克索性將之握進乾燥的手掌中，用比剛才還要輕柔的力度輕輕撫摸。很快喬克就注意到利奧的尾巴相當敏感，只是稍微搓揉一下，夾裹著他的內壁就止不住地收縮。

這反應讓喬克感到有些有趣，他刻意不碰利奧前頭正滴著水的肉具，只圈著那條長長的獸尾，從尾椎處一路撫弄到尾端，又用掌心包住刺軟的圓端，才抓揉幾下，不一會就聽見利奧的呻吟拔高了幾分，肩膀也不斷地輕輕發顫。

「等等，別啊、別玩我尾巴，太過頭了、不行……嗚——」

喬克沒有理會他的討饒，繼續一邊抽插一邊把玩著利奧的尾巴，最後衝刺階段時甚至變本加厲，張開嘴在那毛茸茸的尾巴上輕咬了一口。

幾乎同時，利奧仰高脖頸張開嘴，眼神迷茫，舒服到極致的他甚至發不出一點聲音，就這麼硬生生地被喬克插射出來。

喬克在利奧高潮痙攣的肉道中狠狠來回抽插十數次，最後悶哼一聲，再一次被利奧底下那張小嘴吸出濃濃的精液。

深陷高潮之中的他們，誰也沒有注意到，隔壁原先和他們同樣響亮的交歡聲，不知道什麼時候也停歇了下來。夜晚終歸於平靜。

小野豹的命定婚儀

Snow Leopard's Destiny Marriage

第6章

喬克作了個夢。夢境裡他以第三者的視角，俯瞰著一片雪白大地。

他看見一棵被雪花覆滿的大樹下，一個年紀很小的男孩一動也不動地躺在那裡，看不出是死是活。

喬克莫名地感到心急，很想上前將男孩抱離那一片冰冷的雪地，卻發現自己只是一抹沒有形體的虛無，只能眼睜睜看著眼前發生的一切，什麼也做不了。

過沒多久，一隻毛色同樣雪白的小野豹不知道從哪處竄了出來，像一顆長著斑紋的小雪球，一路滾到那男孩身邊。牠好奇地對著躺在地上的人東看看西聞聞，最後咬著男孩的衣領，一路把他拖進不遠處的山洞裡。

這不是喬克第一次作這個夢了，成年以前他更是頻繁地夢到這個場景，雪地中昏迷不醒的男孩、不知哪鑽出來的小雪豹，和那幽幽暗暗看不清裡頭的山洞。

以往夢境停在男孩被拖入山洞就結束了，山洞裡發生什麼他一概不知，這次視角卻順利地轉換，跟著男孩和小雪豹一起進到山洞裡。

山洞裡相當寬敞，中間燃燒著溫暖的火堆，火堆四周圍繞著各種不一樣形態的獸人，狼人、鹿人、羊人、豹人……喬克從沒有一次見過這麼多種類的獸人，儘管知道只是個夢，仍舊很是震撼。

男孩被一路拖到火堆旁，閃爍的火光映著他蒼白的臉龐。

喬克才剛剛看清男孩的長相，還沒來得及感到震驚，就聽見一旁的小雪豹發出相當稚嫩的童音，語氣裡含著顯而易見的歡愉與興奮，口齒不清地說：

「媽媽！食物！我找到！」

小雪豹用爪子拍了拍男孩的手，低下頭張開嘴作勢要咬，一旁立刻有道粗啞的女聲阻止了他：「停下，利奧。這是人類，不是食物，不可以吃。」

……利奧……？

喬克錯愕地看著那頭小雪豹，以為自己聽錯了。

「不可以吃？」小雪豹的爪子按著男孩的手腕，一副有點失望的樣子。

「不可以吃。」緊接著喬克看見一名女性豹人從獸人群中走了出來，身姿挺拔、神色肅穆，她低聲重複了一遍，又說：「人類不是我們的食物。」

這個景色相當奇妙，一名人類男孩被圍在所有人都認為最危險的獸人堆中，卻沒有受到任何攻擊。

那隻本來想吃掉他的小雪豹最終還是乖乖聽從那名女性豹人的話，不再覬覦那條看起來好像很好啃食的手臂，蜷縮起身體，趴在男孩身邊靜靜地陪他一起烤火。

喬克猛地睜開眼睛的瞬間，先是感覺到一陣劇烈的頭疼。

方才夢境裡的畫面彷彿化作一顆顆鐵球，在腦袋裡撞來撞去，撞得他耳鳴腦脹，過了很久很久才終於停息。

喬克躺在並不柔軟的床上緩了將近十分鐘，意識才慢慢比較清楚。他扶著額頭坐起身，下身的痠脹感讓他想起昨晚的放縱，捏了捏鼻梁，偏頭看向床的另一側，驚愕地發現昨晚還好好睡在身旁的人影不見了。

取而代之的，是和夢裡幾乎一樣，只是體型稍大一些的雪白色野豹，以趴伏的姿勢窩在床鋪，腦袋枕在蓬鬆的枕頭上，發出呼嚕呼嚕的鼾聲。

喬克足足愣了好半晌，才意識到這應該是利奧全獸形態的樣子。喬克感覺到心臟跳動的速度無端加快了起來，他遲疑幾秒後伸出手，動作極輕地覆上隨著呼吸快速起伏的身軀，不太確定地低喚了聲：「……利奧？」

床上的野獸對喬克的聲音有反應，只是慢了幾拍才緩緩睜眼。與利奧相同色澤的眼珠轉了過來，和喬克對視幾秒後，忽然瞇起眼輕哼幾聲，兩隻前爪輕輕搭著喬克的大腿，撒嬌一般地用腦袋蹭他光裸的腰腹。

那種莫名的熟悉感在利奧以獸形姿態磨蹭他時達到最濃烈的程度，讓喬克幾乎難以壓抑急速躍動的心跳，好像好久好久以前，在記憶斷層的某一段日子中，他們也曾是這樣相處的。

利奧在喬克身上又趴了一會，睡了幾分鐘的回籠覺才終於肯醒來。他在床上翻滾一圈，直接在喬克眼皮底下變回赤裸的人形，雙手大張成大字型仰躺在床上，長長出了口氣。

喬克看著利奧，想起剛才的夢境。夢裡的畫面清晰而熟悉，就好像是從他被封存起來的記憶裡，取出一小段來播放。

「你之前說我們以前見過……是不是在寒冬的某座雪山下？還有一個洞穴，裡頭窩著很多不同種族的獸人？」

喬克腦海浮現出夢裡和自己長得幾乎一模一樣，只是稍微稚嫩一些的男孩的臉龐，和夢裡旁人的那一聲「利奧」，直覺那可能不單純只是一場夢境這麼簡單而已。

利奧先是一愣，隨即立刻翻坐起身，本來還因為睡意而有些沉重的眼皮頓時睜到最開，眼眸裡閃著晶晶亮亮的光，語氣充滿殷盼地問：「你想起來了？是不是都想起來了？」

喬克看著他的反應，喃喃低語：「還真的是……」

利奧的眼神讓喬克有些不知道怎麼開口承認，自己其實並沒有想起任何過去，只是夢見而已。他思忖片刻，最終含糊地帶過，「只有一點細碎的片段，沒想起很多。」

「是嗎。」利奧的肩膀垂下了一點，聲音也低下去幾分，好像有點失望，不過很快他又重新振作起來，抬起頭笑嘻嘻地對喬克說：「沒關係，至少想起一點了，可能多做幾次，你就會想起更多也不一定。」

喬克一時沒轉過來，頓了下有點錯愕地問：「我們……那個時候就……？」

「哦，這倒沒有。」利奧笑了一聲，而後猝不及防地伸手撲向喬克，整個人掛在他身上，光裸的肉體貼著肉體，湊到他耳邊說：「只是我現在想做。」

還好他們是晚上才要行動。喬克手搭在利奧光滑的腰間上，在對方親上來的同時，腦中只剩下這樣的想法。

晚上九點，按照喬森先前的提議，他們一行四人稍微做了簡單的喬裝，就著夜色朝諾德拉鎮前進。

他們照著利奧拿到的地圖路線走，一路穿過諾德拉鎮西北邊的暗道。那裡沒有一點燈光，僅靠著微弱的月光摸索前進，最後停在一扇厚重的門前。

門邊站著一位高大的守門人，長相凶狠、手握長刀，面色不善地問：「你們是誰？怎麼會知道這裡？」

利奧向前站了一步，語氣自然地說：「或許你知道一位叫做派樂絲的女人？

我委託她替我找些東西，她讓我過來這裡，找一位叫做考爾比的男人。」

利奧將手中的紙張遞給守門人看，上頭確實有派樂絲的字跡。守門人瞇著眼看了一會，而後將紙張還給利奧，和他說明：「今天正好有場拍賣會，人太多太雜，只能放你一個人進去。」

「別這樣嘛。」利奧笑笑地說：「我們都是第一次來這裡，都想見見世面，大老遠來一趟不容易，你就通融一下？」

說話間利奧從口袋裡摸出個東西往守門人手裡塞，守門人攤開手心一看，是一顆在月光下閃閃發亮的寶石，形狀飽滿、色澤透亮，一看就很值錢的樣子。守門人盯著手中的寶石嚥了口唾液，隨後握起拳，替他們開了門。

他們走進門裡，首先就是一眼望不見底端、通往地下的樓梯，牆上每隔數公尺就掛著一盞燈，倒比剛才看得清楚多了。階梯走到底後，直接通到一個大廳，大廳裡人還不少，利奧找了幾個人詢問，才終於找到要找的人。

考爾比是個梳著小辮子、留著落腮鬍的男人，他收下利奧給的一袋金幣，數了數確認沒問題後，回頭取出了一個很小的透明罐子，裡頭盛裝著淡金色的液體。利奧打開罐子嗅了嗅，確實是他要的紫薑草花蜜。

利奧將小罐子旋緊後交給身旁的喬克讓他收起來，而後試探地向面前的男人打聽，「這點量可能不太夠，我想知道你這裡還有沒有貨？或者能夠透過你直接聯絡到上游，我還需要更多。」

「抱歉，我手上有的就這些，統統都給你了。」考爾比聳肩，「這些也是別人批貨給我賣的，這中間怎麼流通的我不太清楚。不過大家都知道，紫薑草實在太難種了，要萃取出這點量的花蜜也得花上好幾年時間，就算找到上游供貨商，他們也不一定還有。」

「那好吧。」利奧也不急著馬上套出話，很快就轉移了話題，「聽說今天有場拍賣會，我們也能參加嗎？」

「當然，只要有錢就能參加。」考爾比笑笑，「你們來得很巧，今晚是一年一度最大型的拍賣會，能見到不少好東西。」

在考爾比的帶領下，他們順利進到地下深處的拍賣會現場，那是比前面大廳更大一點，也更擁擠的空間，正中間有座高高的舞臺。

利奧幾人到達的時候拍賣會早已經開始了，他們被安排在牆邊站著。

考爾比拿了幾塊叫價用的牌子給他們，說看到喜歡的東西，跟著其他人出價就是了。

一路上利奧都表現如常，和考爾比一來一往的互動也沒有露出任何破綻，但喬克還是敏銳地注意到，利奧的手整路上幾乎都在隱隱發顫。

等考爾比暫時離開後，喬克偏過頭，湊到利奧耳邊問：「你沒事吧？」

利奧一頓，旋即笑了開來說：「沒事啊，能有什麼事。」

喬克眉心微微擰著，乾脆直接握住利奧的手，一握上才發現這傢伙手涼得很，剛才的自然從容都是裝出來的。

喬克還沒開口問話，一邊的喬森注意到他們之間的小動作。他揚了揚眉，看看他們牽著的手又看看利奧有些怔然的臉，突然想到了什麼，壓低聲音問利奧：「你以前是不是來過這種地方？」

洛肯作為三位主人的保護者，本來一直在謹慎觀察著四周的狀況，聞言也忍不住轉回頭來看了他們一眼。

利奧先是被掌心突然傳上來的溫暖弄得一愣，隨後又聽見喬森直戳他心底的問題，一些過往的畫面飛速閃過腦中，捕獵人興奮的嚎叫、粗硬磨人的繩索，和幽暗潮溼的地下室。

利奧晃了晃腦袋，把那些不想再想起的畫面驅散，故作輕鬆地笑著說：「就一次而已，很久以前了，不過我身手矯健，馬上就逃出來了。」

喬克想起更早之前，他曾問過利奧為什麼對黑市這麼清楚，那時利奧只是雲淡風輕地說哪天他親自到底層環境走一遭，也會知道這麼多。

當時喬克只覺得利奧在說廢話，現在想來，可能正是親身經歷過那些，所以才能說得這麼自然且熟悉。他對利奧的過去知道的還是太少了。

有一小段時間幾個人都沉默著。洛肯不清楚這位新王后的來歷與他複雜的血統，因此聽得不是很明白，但也知道再詳細點的就不該是一個下屬要知道的，他收回目光，盡職地繼續盯著四周的狀況。

喬克的手牽起後就沒再放開，他心裡被很多複雜的情緒擾動著，具體說不清楚，最直觀的感受就是陣陣心疼。

利奧先前說的沒錯，他確實是個控制欲和占有欲都很強的人，但面對利奧，除了這兩種最直接的欲望，似乎還摻雜著更多更複雜，更讓他難以分辨的情感。

諾德拉鎮表面上一直都是個相當純樸的小鎮，居民們各個敦厚老實，很難想像這麼一個質樸的小鎮底下，竟然藏著如此熱鬧的非法交易市場。

這場拍賣會被端上臺的拍賣品確實很多很雜，看得他們眼花撩亂，不過一直沒有出手和其他人競價，只靜靜地觀察周圍。

直到一個別緻的珠寶盒被端上臺，喬森眼眸忽然亮了一下。臺上的主持人介紹這個珠寶盒來自王室，是前任王后遺留下來的物品，輾轉流到這裡。

前任王后正是喬森與喬納斯的親生母親，她在喬森五歲那年就死了。

喬森沒有親眼看見，也沒有人告訴他母后是怎麼死的，只知道有一天醒來，城堡裡鋪滿白花，傷心的女僕替他更衣，紅著眼睛告訴小小的喬森王后離開了，去很遠很遠的地方不會再回來了。從那以後喬森就沒有母親了。

前王后是一位相當溫柔且具有母愛的女人，只是這份愛喬森只擁有短短五年。後來王后死了，留下來的遺物在喬森被趕出城堡時一樣也沒能帶走，沒想到能在這裡見到。

喬森拉了下喬克的衣襬，壓著聲音說：「我要這個。」

喬克本來還在想著利奧的事，一時沒注意到臺上現在擺著什麼拍賣品，他順著喬森的聲音看過去，只看見一個鑲了些寶石的珠寶盒，看起來也不是什麼特別的東西，於是應了聲：「嗯？」

「你沒看見嗎？上面有王室家徽，這是我母親留下來的東西，我以前見過。」喬森皺著眉，低聲說：「不知道被誰賣到這裡來了。」

珠寶盒的起標價是三十枚金幣，在他們低聲交談的短短時間裡，已經被喊到了八十枚。

喬克看著喬森執拗的目光，只能照著他的意思舉起牌子喊：「一百枚金幣。」

一百枚金幣買一個看起來有點舊的空珠寶盒，就算那東西來自王室，也實在有些超過價值了。因此在喬克喊出一百枚金幣後，再無旁人與他競價，主持人敲了敲槌子宣布他得標。

洛肯過去替他們拿回得標的珠寶盒，喬森小心翼翼地捧在懷裡，眼神裡流露著濃濃的懷念。他想如果這個時候納特在身邊，一定會摟住他，用粗啞而令人感到安心的嗓音說「喬森，我陪著你」。

拍賣會仍在繼續。之後被端上臺的物品沒有什麼特別的，比較出格的就是一些禁藥和槍械。

他們今天畢竟只是來探探狀況，什麼都沒準備。喬克努力壓著想要直接上去將那些拍賣品和工作人員一舉拿下的衝動，只能將那些人的臉牢牢記在腦中，並盤算著不久後的將來，一定要將這些買家與賣家統統繩之以法。

大約又有十項物品的競拍結束後，頂上的燈光忽然暗了下來。他們幾個不明所以，四周卻熱鬧哄哄，隱約聽見有人在說壓軸要來了。

確實是壓軸。當燈光再度亮起時，舞臺中央多了一個金色的籠子，籠子裡關著一個赤裸裸、活生生的人。正確來說，是一個長著尖尖的獸耳，有著蓬鬆絨毛尾巴的……變異獸人。

利奧登時就瞪直了眼，和喬克相握的手不自覺地捏緊了幾分。

籠子底下墊著一個轉盤，主持人在臺上滔滔不絕地介紹，一邊不時地轉動籠子讓所有人都能看清楚，一邊說這是來自米爾丘陵的極為罕見變異狐人，經過半年調教，現在已經完全馴服，誰出價最高就能成為他的主人。

那個變異狐人嘴裡塞著口枷，雙手雙腿都被黑色皮繩綁著。他是作為拍賣品被推上臺的，因此身上沒有什麼太過明顯的傷痕，但利奧知道過去半年間，這孩子肯定遭受了許多並非常人能想像得到的虐待。

起標價三千枚金幣，短短兩分鐘，就已經有人喊價到五千枚金幣了。要知道一般人一輩子可能都賺不到一千枚金幣，五千枚金幣已經算是天價了。喊價還在繼續，有人出了五千五百枚金幣，馬上就有人接著喊到六千枚金幣。

喬克偏頭看向利奧，見他神情凝重、掌心出汗，知道他大概是想出價把這隻狐人買下來。不是為了做點什麼，而是單純地想救下對方，救下那個和自己有著類似血統的孩子，不想讓他流落到那些看起來就不懷好意的人類手裡。

喬克輕嘆了口氣，他捏了捏利奧的掌心，在價格被抬到七千枚金幣的時候，舉起手上的牌子，一口氣直接喊到一萬枚金幣。

現場頓時靜默了幾秒。一萬枚金幣可不是什麼小數字，連最有錢的富商或貴族都很難直接喊出來這個價格，一時間所有人的目光都朝他們四個所站的方向投射而來。

沒有人知道他們是什麼來頭，但也沒有人再繼續出價。主持人在短暫的愣怔過後，敲下宣布得標的槌子，恭喜喬克成為這隻變異狐人的新主人。

喬克被一陣歡呼起鬨聲弄得有點尷尬，還有人夾在陣陣雜亂的聲音中，向喬克搭話說等他玩膩了可以再以二手賣出來，價格都好談。

當喬克對上利奧微微挑眉的神情時，忍不住皺眉解釋：「我是看你想救他。」

利奧看他一臉嚴肅的解釋，不禁輕笑出聲，點著頭「啊」了一聲說：「我知道。」

最後還是由洛肯去領回得標物。金色的籠子被留在拍賣會現場，洛肯面無表情地解開小狐人嘴上的口枷和手腳上的皮繩後，一把扯下自己的披風，將渾身赤裸的對方整個包裹起來，扛在臂上帶了回去。

一場拍賣會竟帶回一個變異獸人，是他們想也沒有想到的事。喬克幾乎把此行帶來的金幣全部揮霍出去了，要是被城堡裡那些老古板知道自己耗費鉅款只為了買下一個變異獸人，肯定又會被一陣數落。

小狐人似乎是被灌了藥，神智一直不太清楚，縮在洛肯懷裡不停打顫。好不容易回到小木屋，洛肯想把人放下來後就先回營地去，不料小狐人緊緊抓著他的衣服，怎麼樣都不肯放開。

洛肯有些不知所措，而後就聽見喬克命令：「先交給你照顧吧，等人清醒了再來回報。」

洛肯低頭看著在自己懷裡縮成一團的小東西，儘管沒有一點照顧人的經驗，還是只能訥訥地應到：「……是。」

喬森一回來就抱著珠寶盒去找他的狼人撒嬌了，喬克與利奧不一會也雙雙回了房間。

利奧躺在床上，整個人比剛才放鬆許多，他長呼了口氣，還有精力和喬克開玩笑，「真可惜，你剛剛要是把我丟上去競拍，應該就不用花到一萬枚金幣這麼多了。」

喬克坐在床邊，聞言斜瞪了他一眼，「你不用這樣試探我，沒有人會賣掉你。」

利奧低低笑了一聲，心裡也終於舒坦了一點。他翻過半圈身體，將腦袋枕在喬克的腿上，伸手摘掉他貼在臉上的喬裝用假鬍子，笑著問：「兩萬枚金幣也不賣嗎？」

喬克沒有遲疑，立刻回他：「不賣。」

利奧對他的回答似乎挺滿意的樣子，瞇起的眼角都含上了一點笑意。利奧的拇指還停在喬克唇邊，指腹很輕地蹭著。喬克垂眼與他相望片刻，驀地張開嘴，將利奧的拇指尖端含進嘴裡，用牙齒輕輕叼著。

這實在是相當親密的動作，利奧也沒想到喬克會突然張嘴，整個人傻愣了一下。

自從來到帕里斯納王國與喬克結婚，他們之間的關係大多都是由他主動，主動靠近、主動調戲、主動勾引。

而喬克從最開始的漠然冷淡，到現在會回應、會給予，甚至偶爾還會主動，這中間的變化過程其實不算很慢，他們的關係從最初就有種微妙的平衡。

儘管喬克的記憶沒有恢復多少，但大概與他們童年時曾相處過的時光脫不了關係。

喬克那雙含著特別情緒的眼眸令利奧感到心動，他任由喬克咬著他的手指，語帶笑意地故意問：「心疼我嗎？」

喬克輕咬著利奧的指尖，含糊地應了一聲：「嗯。」

他確實是心疼了，沒什麼好隱藏的。從在拍賣會上握住那隻冰涼發抖的手，到想起之前聽他輕描淡寫地帶過以前種種苦痛的經歷，都讓喬克心頭不由自主地發酸發緊。

「怎麼突然這麼坦率？」利奧笑出聲來，「你還是我認識的那個喬克嗎？」

喬克蹙起眉心，牙齒用力了幾分，懲罰性地在利奧指尖上咬出齒痕，而後又用軟熱的舌尖舔過那小小的凹陷。

小野豹的命定婚儀

Snow Leopard's Destiny Marriage

第7章

小狐人是在兩天之後神智才終於恢復清醒。

這兩天一直都是洛肯在照顧他，把他帶回自己的單人帳篷，讓出唯一的睡袋給他睡，睏了就坐在一旁閉眼稍微休息，但也睡得不深，常常剛假寐沒一會又很快驚醒，去看那價值連城的小傢伙是不是還好好待在睡袋裡，沒有趁機逃跑。

洛肯守著小狐人整整兩天，後來真的是累極了，才睡得稍微沉一些。再睜開眼時，他發現身上蓋著睡袋，而清醒的小狐人正蹲在他身前，眼眸直勾勾地一直盯著他瞧。

「你起來啦？」被這麼直盯著的感覺很奇怪，洛肯抓了抓頭，把身上的睡袋拉了下來。

變異獸人的小狐人還是維持著和在拍賣會現場一樣的形態，只露出獸尾和獸耳，其他地方仍保持著人形。蓬鬆的狐狸尾巴拖在地上，耳尖也垂了下來，看上去說多可憐就多可憐。

偏偏他在這時候開口，用著有點輕又有點嘶啞的嗓音問洛肯：「您也會打我，把我關起來嗎……主人？」

洛肯張著嘴愣了片刻，不論是小狐人的問句還是那一聲怯生生的「主人」，都讓他久久反應不過來。

「我……」洛肯用力吞了口口水，搖了搖頭說：「我不會打你，不會把你關起來。我也……不是你的主人。」

小狐人名叫陶德。他在確認洛肯不會傷害自己後，就成了他的小跟班，洛肯去哪裡就要跟到哪裡。

也不知道這算不算雛鳥情節，雖然一萬枚金幣不是洛肯付的，他也付不起，但人確實是他親手抱回來，而陶德清醒後第一個見到的也是洛肯，對他有特殊依賴感也不是什麼很意外的事。

依照喬克先前的吩咐，在陶德清醒後沒多久，洛肯就把人帶到小木屋裡，讓他接受那幾個人的盤問。陶德見到其他人時表現得非常緊張，一直緊緊捏著洛肯的衣服，躲在他身後不敢探頭。

「你別怕。」利奧率先出聲：「這裡沒有人會傷害你，你不用這麼害怕，我們只是想問幾個問題。」

洛肯反手摸摸陶德的腦袋安撫，在他稍微放鬆一點時，才把人帶到椅子上坐定。陶德屁股一碰到椅子就想起來，轉過頭有些慌張地朝洛肯伸手，「你別走……」

「沒有走。」洛肯像哄孩子般地握住他的手，又往前站了一點，低下頭輕聲說：「我就在你後面，別怕。」

「還是先吃東西吧。」喬森端著一盤麵包從廚房裡走出來放到餐桌上，輕哼了一聲，「人才剛醒就要被你們圍著拷問，真不貼心。」

納特跟在喬森身後幾步的距離，把手上的一壺牛奶和幾個杯子也擺到桌上，而後多拿了兩張椅凳過來。

「大塊頭你也坐吧。」喬森踢了踢離洛肯最近的凳子，「你站著很擠。」

洛肯只得乖乖依言坐下，大大的身板擠在小板凳上有些不自在，但也別無選擇。他坐的凳子比陶德那張椅子矮了些許，但挺直腰桿時還是比那看起來明顯營養不良的孩子高出不少。

「吃吧，先吃。」洛肯被陶德抓著手，只能抬抬下巴示意他去拿桌上的麵包。陶德卻搖搖頭，說什麼也不肯吃。

「你太瘦了，得多吃一點。」利奧以為他還在緊張，便拿過一塊剛出爐熱騰騰香噴噴的麵包，直接擺到陶德面前的盤子上，「吃飽了我們再聊。」

坐在利奧旁邊的喬克看他只顧著哄孩子吃東西，於是也伸手拿一塊塞給利奧，小聲說：「你也快吃。」

喬森看著面前過分和諧的畫面，嘖嘖嘖了好幾聲，回頭和納特說：「他們再不趕快回城堡，我們家都快成為愛情旅社了。」

納特用鼻尖頂了頂他的後腦，沒有說話。

最後洛肯細心地發現陶德不肯吃東西的理由，在陶德張嘴說話的某個瞬間，他注意到那孩子嘴裡有好幾處潰瘍，不曉得是遭受到什麼傷害造成的。

洛肯拿過陶德面前那塊麵包，又倒了杯溫牛奶，把麵包撕成小塊，用牛奶泡軟以後，向納特要了支湯匙，一小口一小口地餵給他吃。

陶德嘴裡的傷口太多了，稍微碰到一下就很痛，儘管麵包已經被撕成小塊，也被牛奶泡得相當軟爛，還是吃得非常慢。

不過無論他吃得多慢都沒有人催促，更不會有人不耐煩地拿著鞭子厲聲威脅再不吃快點，就要拿刀劃爛他的嘴。

陶德花了將近一個小時才將這一頓早餐吃完，雖然嘴裡還是很痛，但起碼填飽空了好幾天的肚子。洛肯拿出手帕，輕柔地替他擦掉嘴角沾著的一點白色奶漬和麵包屑。

吃飽也該談正事了。

大概是確定這裡真的不會有人傷害他，陶德比剛才放鬆一點，但仍緊緊抓著洛肯不願放開。洛肯只好繼續待在陶德身邊，坐姿像平時一樣挺拔，只是旁邊多了隻黏人的小狐人。

陶德在幾個人的注視下，緩緩開口。

「我一出生就沒有父母，被米爾丘陵上一座小村莊的老夫婦收養。老夫婦對我很好，他們沒有其他孩子，將我當親生的一樣疼愛，我便以人類的形態和他們一起生活。只是他們太窮了，常常把吃的都留給我，自己餓肚子。」

「後來我長大一點比較懂事了，知道老夫婦的困難，有時候就會半夜偷偷溜出去，去……去偷一些食物或者錢財。」說到這裡陶德有些羞愧地垂下頭，洛肯捏捏他的手心，示意他繼續說下去。

「後來不知道從哪裡傳出了風聲，大概半年多前，有一群捕獵人闖入米爾丘陵，像強盜一樣挨家挨戶破門而入，說要找出藏在村莊裡的變異獸人。可能是我在偷東西的過程中露出破綻，有村民直接把我推出去，老夫婦為了保護我，幫我爭取逃跑的時間，結果……結果就被那些人……殺死了。」

陶德的聲音低了下去。他有些艱難地吞了口唾液，嘴裡傷口的疼痛一路順著喉嚨蔓延到心臟，他停了幾秒才繼續說：「是我太懦弱，不但害死老夫婦，還沒能把握他們替我爭取的時間，最後還是被那些人抓住了。」

陶德沒有逃得太遠，就被那幾個捕獵人擒獲，被他們輾轉賣到諾德拉鎮的地下交易市場，賣給一位名叫修薩的男人。

「我被他們關在地下室長達半年，這段期間嘗試過逃跑兩次，但都失敗了。」陶德沒有明說逃跑失敗後的下場，不過從他的表情看來，應該是極為慘痛的回憶，所以他們也沒有再細問。

「修薩這個名字，怎麼聽起來有點耳熟呢？」喬森以指尖敲了敲桌面，歪著頭思考，但一時沒想出來，「沒關係，你繼續說。」

陶德於是接著說：「看守的人大概是覺得反正我早晚會被賣掉，所以他們講話不太會避著我。」

陶德告訴他們，諾德拉鎮其實早就被以修薩為首的地下集團控制了，居民白天正常外出工作，晚上九點過後就不被允許出門。如果有人不聽話，就會被丟進黑市當作奴隸拍賣。

「還有這種事？」喬克難以置信在他的國家裡竟有這種事存在，聲音不自覺地大了幾分。

陶德被喬克突如其來加大的音量嚇得肩膀一縮，洛肯連忙拍拍他，安撫他別害怕。

「你說的那個集團，他們平常的據點就是昨天的拍賣會會場嗎？」利奧邊問陶德，一邊從桌子底下伸手按著喬克的膝蓋，安撫地晃了晃。

「不是。」陶德搖頭，「雖然沒有實際去過，但聽他們說平常的基地是在諾德拉鎮最北邊，一座很大的教堂裡。」

之後一個月他們兵分二路，喬克帶著洛肯和他的小跟班回城堡調派人手，準備充足的兵力。利奧則留在小木屋，時不時就溜進諾德拉鎮打探情報。

本來陶德不想移動，雖然在這只能跟洛肯一起睡帳篷，但那裡的環境讓他感到安全。可是洛肯作為國王的侍衛長，有他在才能以最快速度組織一支精銳部隊，陶德又不願意單獨留下，只能跟著洛肯一同回到城堡。

雖然是利奧自己主動提出要留下，但每到深夜時分，隔壁房間傳來曖昧廝磨的響動，他總是會感到後悔。又不可能真的跑到隔壁加入他們，利奧只能抱著勉強還殘留一點喬克氣味的枕頭，閉著眼睛想念他。

一個月後的某日夜晚，喬克親自帶兵到諾德拉鎮與利奧會合，緊接著一行人以教堂為始，一路抄到當初那個地下拍賣會會場。

他們的行動事前沒有走漏一點風聲，攻得教堂和黑市那群黨徒措手不及。

加上這次喬克帶的兵力十分充足，在天色轉亮以前，就成功一舉擒獲包含集團首腦修薩在內的所有相關成員，全部押回城堡地牢裡，沒有留下任何漏網之魚。

運氣更好的是，那晚黑市裡正好有人在交易紫薑草，不是萃取出來的蜜，而是一朵一朵，色澤豔麗的一株株紫花。

他們順利地連人帶花一併拿下了。

喬克在看見修薩的臉時，才終於知道那時候喬森為什麼說這個名字很耳熟。不只名字，連這張臉他都覺得很熟悉。

修薩有著和薩利爾公爵幾乎一模一樣的臉。

在幾番嚴刑逼供下，修薩才終於坦白一切。

修薩和薩利爾公爵是雙胞胎兄弟，數十年前也曾和薩利爾一樣，在城堡裡為老國王做事。後來有天他犯了大錯，被剝奪貴族身分趕出城堡，為了能夠生存下去，他便開始做起了地下交易，除了賣從城堡裡偷出來的一些東西以外，還有從其他地方走私進來的非法物品。

起初交易量很小，後來漸漸地開始有人找他合作，本國的、異國的都有，交易越做越大，結聚成一個運作龐大利益的地下交易集團。

接連著幾天的逼供下，喬克得知修薩不僅和薩利爾公爵一直私下保有聯繫，甚至和喬納斯有過接觸，還正好是在老國王離世之前，喬納斯密謀謀反那時。

他們在拍賣會上得標的前王后的珠寶盒，正是喬納斯意圖拉攏修薩，提供給地下交易集團變賣的珍寶之一。為了換取足以讓他成功謀反奪權的外族兵力，前王后留下來的許多珍貴遺物，幾乎都被喬納斯當作籌碼交換出去。

儘管喬納斯在得到大批兵力行動之前就先遭到拘禁，但那些前王后遺留之物仍然透過黑市交易，早已流散到不同的買家手裡，除了碰巧買下的空珠寶盒，很難再找回其他的了。

利奧很久沒有回城堡了。雖然住在小木屋也還算舒服，但到底還是比不上城堡柔軟的床墊和枕頭，還有暖烘烘的棉被。他捲著被子在大床上滾過來滾過去，舒服地長嘆一口氣。喬克則剛審訊完罪犯回到寢間。

這次的關鍵人物除了修薩，還有那個握有少量紫薑草的供貨商，可惜無論如何逼供，供貨商最後還是沒有說出紫薑草是從哪裡得來的。

「我不確定紫薑草的來源，但納特好像見過。」利奧停下翻滾，忽然說。

「之前我一個人住在他們那裡的時候聊到的，他也不確定，只說以前在北方邊境流浪時，曾經誤食過一種紫色植物，緊接著就感覺到一股無法控制的狂躁與失控，差一點直接死在野外。」

「北方邊境……」喬克喃喃複誦。

儘管稱不上極寒地區，但帕里斯納北方邊境確實是長年處於寒冷的地帶，且駐兵稀少，說不定真的有有心人在那裡，研究出栽植已經絕種的紫薑草的方法。

喬克決定過一陣子再去小木屋，請納特帶他們去北方邊境一趟。

他還在想著北方邊境的事，身後突然貼上一道溫熱的體溫。利奧剛洗好澡，全身暖暖香香的，他從身後抱住喬克，側頭含住喬克的耳朵，用一種很委屈的語氣控訴。

「哎，你不知道你弟弟多過分，一個月來幾乎每天晚上都在做愛，知道我獨守空閨，還故意叫給我聽。」

喬克拉下他的手，偏過頭瞇起眼冷著聲問：「你去加入他們了嗎？」

「那倒沒有。」利奧笑咪咪地在他唇角親了一下，「但我心癢難耐能怎麼辦，只能一邊聽他們做愛的聲音，一邊想著你然後自慰。」

喬克呼吸一沉，一個回身把利奧按到床上，雙手壓著他的手腕，擰眉居高臨下地望著他問：「利奧，你腦子裡是不是都裝著這種事？」

「也不是總是。」利奧嘴角捲著笑意，仰起脖子用嘴唇碰碰喬克抿直的薄唇，「我只跟你做，只喜歡跟你做。」

喬克深邃的眼瞳裡映滿著利奧的臉，他就這麼直盯著看了半晌，而後深吸了口氣，再也忍耐不住地低下頭，堵上利奧那雙帶著笑意的嘴唇。

分開的這一個月裡不是只有利奧一個人在想念，好幾個夜裡翻身時身邊沒有熟悉的體溫，喬克也睡得不是那麼安穩。他經常會想起利奧，想利奧一個人在外面不知道怎麼樣了，安不安分、有沒有檢點。

利奧趴在床上，屁股高高翹起，一隻手剝開白皙圓潤的臀瓣，另一手兩根手指塞進那窄小的肉洞裡，在喬克灼熱的目光下，親自示範在想他時，都是怎麼自慰的。

「啊、哈啊……」利奧的手指吃力地埋在股間插弄，一想到身後喬克正盯著看，他就越發感覺到興奮，「雖然細了一點，但我會想像……插在屁股裡的是、啊……你的肉棒……你每次都會頂得很深，肉冠磨到我的敏感點、就會、啊啊、會很舒服……」

眼前熱辣的景色讓喬克難以挪開視線，他的呼吸漸漸變得粗沉，褲襠間也隆起一團難以忽視的鼓包。

喬克的沉穩在利奧面前向來形同虛設，在利奧往體內加到三根手指的時候，喬克就再也忍耐不住地拉開他的手，扯下自己的褲子，放出那根早已蓄勢待發的硬物，抵到利奧溼漉漉的臀縫間磨動。

喬克所有性事的經驗全部都來自利奧，雖然次數不多，但他學習能力好，兩個人身體又契合，做起來相當得心應手。

喬克一手扶著自己硬脹的根部，另一手掐著利奧的腰，龜頭在穴口處淺淺戳弄幾下，而後很順利地就推了進去，一口氣盡根沒入，兩個人之間緊緊交合在一起，不再留下一點縫隙。

「啊、滿了——」一瞬間的填滿讓利奧險些以為要被貫穿，腳趾都緊緊捲在一起。

喬克停在利奧體內深處，俯下身咬住利奧的後頸，他被利奧體內層層堆疊的媚肉夾得頭皮發麻、下腹瘓脹，低啞著嗓子和利奧說：「你放鬆點……」

利奧倒是想放鬆，可是喬克實在把他填得太滿了，就算停著不動，也還是能很清晰地感受到盤繞在莖柱上一下一下的脈動。

睽違一個月終於再次親密接觸，利奧喘得很厲害，也很滿足。喬克齒間咬過的地方留下燙人的溫度，從後頸到肩膀，再到肩後弓起的肩胛骨，都一一留下喬克吮吻過的痕跡。

等喬克開始挺動下身，利奧身前的床單已經溼了一片，全是那根未經碰觸就極度興奮的陰莖流出來的水。喬克只是往前摸了一把，就摸到滿手溼潤，他有些意外地問：「怎麼溼成這樣？」

「還不是你、嗯……輕、輕點……」利奧十指緊緊絞著床單，本來平整的布料被他蹂躪得發皺變形，「太、太舒服了……啊、那裡，再磨磨那裡……」

利奧叫得又黏又浪，喬克耳根都麻了，重重往他的敏感點頂了數下後，喘著氣要他小聲點。

「你明明、就很喜歡……」利奧有些艱難地騰出手向下摸，摸到兩人交合之處，故意用指尖搔刮幾下，「我這麼叫，你每次都會很興奮，變得更大更硬……啊啊……」

喬克忍無可忍地扣住利奧的腰，提快速度插得利奧再也發不出聲音，利奧身子被撞得不停高低起伏，腰腹痠麻，幾乎使不上一點力。

這場情事來勢洶洶，連喬克都有些控制不住自己。

第一次射精的時候他咬住利奧的背脊，尖利的犬齒幾乎劃破那層薄薄的皮膚，隱約嘗到一絲淡淡鐵鏽味。

利奧被翻過來的時候，發現喬克一雙眼睛發紅，可能是連夜審訊而留下的血絲，也可能是因為興奮，他不清楚，他自己都腦袋一片混沌。

利奧剛剛是直接被插射的，他甚至沒有反應過來，只感覺到下腹一緊、肚子一溼，一連喘了幾口氣才發現自己高潮了。喬克剛射過一次的陰莖還腫脹著，除了上頭滑滑膩膩的淫水，絲毫不見疲軟。

利奧以為喬克會直接順勢再次插入他的身體裡，令他怎麼也沒想到的是，伏在身上的男人先是吻了吻他的嘴，而後那雙總是帶著嚴肅弧度的嘴唇一路吸咬向下，從下巴、喉結、鎖骨、胸膛，最後停在他的下腹，溼紅的舌尖在小巧的肚臍上轉了一圈，而後繼續往下。

等利奧意識到喬克要做什麼時，腿間那根半軟不硬的性器已經被握在手裡，他眼睜睜看著喬克的嘴唇碰上他溼溼紅紅的龜頭。

在利奧出聲之前，喬克抬眼向上看他，先一步開口：「利奧，我第一次做這個。」

說完喬克不再留給利奧反應時間，張開嘴用嘴唇包住他帶著淡淡腥味的頂端，舌尖抵著張開的馬眼，輕輕一勾，利奧雙腿立刻夾了起來。

儘管他們之間已經很親密，利奧也沒料到喬克願意為他做這種事，用嘴含住他才射過一次，還殘留著濁液的肉棒，拉開利奧夾緊的大腿，壓著他的腿根，上下反覆吞吐起來。

喬克口交的動作很生澀，他確實沒這麼做過，每一下都小心地控制著，不讓牙尖撞到利奧的柱身。

一種前所未有的快感遍及利奧全身，他將手臂蓋在眼睛上，舒服得連腿根都在顫抖。

只要一想到伏在身下為他服務的是當今位高權重的國王陛下，是他從童年時長久以來的憧憬與念想，他就抑制不住心底洶湧的激動，喬克甚至沒花多長時間，就將利奧第二次濃度偏淡的精液吸了出來，皺著眉統統吞下肚子。

連著兩次高潮讓利奧有些虛脫，尾椎到腿根都麻得不像話，但又真的很是舒服。

喬克從利奧的腿間起身，用手背抹掉沾在唇角邊的白濁體液，剛想說點什麼，利奧就一把扯過他緊實的手臂，摟住他的脖子把人往下拉，抬頭去親那張充滿自己味道的嘴巴。

唇齒相依舌尖交纏，在片刻深吻過後，利奧以鼻尖和喬克相頂，用那已經啞得不成樣的嗓子和他說：「我真的好喜歡你啊……」

喬克深深凝望著利奧飽含情意的那雙眼睛，喉結來回滾動一周。他到最後還是沒有應聲，只是低下頭，溫柔地含住利奧柔軟的嘴唇。

小野豹的命定婚儀

Snow Leopard's Destiny Marriage

第 8 章

喬克與利奧一行人再度造訪小木屋。

喬森簡直要被他們煩死了，尤其當聽見喬克說明來意，想讓納特陪他們去北方邊境一趟時，當即想也沒想就拒絕，才不想淌他們的渾水。

最後還是納特說自己也想去看看，才終於說服喬森與他們同行。

去往北方邊境的路程較遠，加上那裡四季如冬得準備不少行囊。

喬克這次也多帶上一些兵力，萬一真的在北方邊境找到紫薑草植株甚至栽植的人，那不是單靠他們少少幾人就能處理得了的。

行前一晚，喬克和納特在屋裡討論路線，喬森與利奧則站在門口啃水果吹晚風。喬森看著不遠處營地冉冉升起的營火，忽然想到什麼，問道：「你們那個大塊頭的小跟班這次怎麼沒有一起跟過來？」

喬森說的是陶德，上次被他們救回來的那隻小狐人。

他還記得上次洛肯要回城堡的時候，陶德還緊黏在人家屁股後面，說什麼都要跟著他一起走。但這次他們再過來拜訪，好像沒看見那個小傢伙。

「哦，那個啊……」利奧故作神祕地拉長尾音說：「逃跑了。」

「逃跑了？」

「之前我們抄完黑市，大家都正忙碌的時候，有天突然發現他逃跑了。偷走洛肯的東西，就一聲不響地溜了。」利奧也看向那幾個侍衛晚上駐守的地方，嘆了口氣感嘆道：「狐狸果然是最狡猾的生物。」

陶德不僅逃跑，還偷走洛肯身上為數不多的金幣，和那塊洛肯一直隨身攜帶，在進城堡工作之前，姐姐親手替他縫製的手帕。

不過洛肯在知道陶德偷走他的東西，還逃跑之後並沒有生氣，只是有點擔心，還感到有些悵然若失。那陣子一直都是他在照顧陶德，多少也照顧出一點感情來，覺得有種就像孩子長大離開父母的失落感。

「我還以為他們兩個……」喬森話音停在這裡，和利奧互看一眼，兩人同時聳聳肩，都沒再繼續說下去。

馬車持續走了將近兩天兩夜，穿越數個北方城鎮，最終來到最為荒涼偏僻的邊境地帶。這裡飛雪交加，所見之處都是一片白茫茫的雪景。

喬克看著車窗外的景色，明明自己應該是第一次來，卻越走越覺得對這裡的每一處好像都很熟悉。

和經常出現在夢境裡的漫天雪景相當相似。

「太冷了，前面有個山洞，先去那裡休息一下。」寒風颳得每個人裸露在外的皮膚都又刺又疼，喬森縮在納特懷裡，瞇著眼指向不遠處的一個山洞。

當馬車向山洞越駛越近，喬克剛剛感受到那莫名的熟悉感又再度竄了上來。

以洛肯為首的侍衛們先進山洞裡探路，確定偌大的洞窟內沒有其他人，喬克他們才跟著下馬車隨後進到裡頭。

山洞很大，他們生了幾堆柴火，侍衛們輪流在洞口守著，其他人就在裡頭烤火取暖稍作休息。喬克坐在火堆邊，四處張望周圍幾乎全一模一樣的黑沉沉石塊，一直有種說不上來的感覺盤據在他心頭。

直到蹲在不遠處的利奧，突然語氣驚喜地朝他喚了一聲：「喬克，你來！來看！」

喬克不明所以地走過去，只見利奧神祕兮兮讓開身子，露出身前刻在石地上歪歪扭扭的一行字。

喬克，利奧的好朋友。

「想不到居然還在，都這麼多年了。」利奧自顧自感慨，渾然未覺身旁的喬克佇立在原地，盯著那一行字久久回不了神。

十歲是喬克人生的一個分水嶺，更早以前的記憶統統都被封存在腦海最深處，任憑他怎麼努力回想都想不起來。

直到現在看著那行歪歪扭扭的字，封存回憶的閘門彷彿終於開啟一道小縫，蠢蠢欲動的記憶碎片從中鑽出，不由分說地在喬克腦海裡拼湊出一幕幕許久以前的畫面。

喬克按著發脹的腦袋在利奧身邊蹲了下來，和他一起看著石地上的刻字，用有些不太確定的語氣說：「這是你寫的？」

「這是你教我寫的。」利奧歪頭朝他咧嘴一笑，「我們一起在這裡生活了幾個月，你想起來了嗎？」

聽到利奧這麼說，一幀幀畫面立刻浮上喬克腦海，這次不再是夢境裡模糊的景象，而是真真正正屬於他的回憶。

小小王子和小小豹人，肩膀靠著肩膀蹲在一起。王子臉上的表情儘管流露著些許不情願，還是耐心地一筆一劃教導著小豹人寫字。

小豹人學會寫自己的名字，也學會寫王子的名字。他高高興興地變出前爪，用尖利的爪子在堅硬的石地上，一道一道刻出這句象徵友誼的句子。

喬克伸出手，以指腹輕柔地撫摸著被利爪刻出來的凹陷，然後點了一下頭，低聲說：「……想起來了。」

喬克都想起來了，那年他七歲，是心思最敏感的年紀，需要關注和認同。可是那時城堡上下，包括他的父王與後母，所有人的注意力都圍繞著那兩個還很小的弟弟轉。

後母其實為人和善，也不時會關心他，但與真正的親生母后還是有很大不同。

喬克的生母在很小的時候就因病去世，老國王當時覺得喬克還小，尚未對生死有所認知，只告訴他母親去了北方遙遠的國度，再也不會回來了。

小小的喬克信以為真，那時甚至天真的以為只要一路往北方走，就能找到離開的母后。他想說服她回城堡，至少陪著自己到成年。

然而喬克這趟偷溜出城堡非但沒找到母后，還差點賠上自己的性命。

「我那時候以為你是食物，本來還想吃掉。」利奧笑著說，拿出防身用的匕首，用刀背刮了刮地面上凝結的薄霜，「還好母親阻止我，不然現在你可能在我肚子裡了。」

利奧隨後拿來兩塊布墊鋪在地上，與其他人離了一小段距離，和喬克依偎在一起，小小聲地說起從前過往。

利奧的出生其實是個意外，當年尤西德王子四處遊歷，輾轉來到帕里斯納王國，在這裡認識一名豹人族女性，一人一獸之間產生了一段短暫而熱烈的感情。

這段感情終究隨著尤西德回到薩爾瓦尼王國繼承王位劃上句點，也是在尤西德離開後不久，那名女性豹人發現自己懷孕了。

「母親獨自一人生下我，養育我。王國內的環境對獸人一直不太友好，我們遷居過幾次，最後才暫時定居在這裡，然後我就遇見了你。」利奧緩緩地說。

「我一出生就和別人不一樣，體內流著兩種不同的血，可以隨意變換人類或動物的形態。我那時候什麼都不懂，只覺得可以變來變去很有趣。母親還特別叮囑不可以在外人面前變換形態，如果被人類發現是變異獸人會有大麻煩。」

實際上在撿回喬克後和他生活的那幾個月裡，利奧對他從來沒有一點防備，是真心把喬克當作朋友。

儘管他們只相處了短短幾個月的時間，等暴風雪季一過，利奧就和一群獸人一起護送喬克回到城堡附近。

「還記得你那時候一直嫌我煩。」利奧回想起那段時光，忍不住笑道。

「你那時候是真的很煩。」喬克從那些破鬧而出的記憶片段中，翻出利奧提起的這一段過去，跟著露出有些懷念的表情，「一直纏著我教你說話寫字，沒有一天是安靜的。」

利奧彎了彎嘴角，低喃道：「現在想想，那幾個月大概是我人生中最快樂的時光了。」

喬克被他這一句話說得心底發酸，他伸手過去，握緊利奧和自己同樣冰涼的手背。

那之後他們就沒再見過面，直到大屠殺爆發那一年，利奧和母親在逃亡過程中與其他族人走散，在幾乎走投無路之際，偶然再次碰到當時被侍女和少數侍衛帶著，來到鄉間躲避紛亂的大王子喬克。

那時利奧與母親已經被迫害到幾乎對所有人類失去信任，看著面前一別兩年的喬克，連才逐漸明白事理的利奧都升起了幾分戒備。

萬幸的是喬克仍是記憶裡的樣子，他嚴厲命令侍從們不得聲張，並帶利奧母子到一處安全的地方避難，提供充足的水和食物。

侍兩人養足精神後，甚至陪著他們一小段路，確認前路安全後才準備離去。

在喬克轉身離去之際，利奧忽地抓住他的衣襬，用既疑惑又失望，也很難過的表情問他，為什麼人類要屠殺獸人呢？

「所以那時候為什麼人類要屠殺獸人呢？」

記憶和現實的聲音重疊，喬克猛然從回憶中回神。

他記得當時仍年幼的自己終究沒有辦法回答利奧的問題，只是抱歉地看著因逃亡而渾身髒兮兮、狼狽不堪的利奧，沉聲留下一句「對不起」就離開了。

往後的二十年裡，他們都沒有再見過面。事隔這麼久，利奧再一次問出與當年一模一樣的問題。

如今喬克心裡仍然滿懷歉意，不僅僅是由於身為人類，身為帕里斯納王國王室，更是他回復記憶後想起那場大屠殺的起因，是源於當時年僅六歲的弟弟——喬納斯。

一切開端都是由二王子喬納斯一手造成的。

那是距今二十年前的事了。

六歲的喬納斯甩掉所有隨侍在側的僕役和隨從，獨自一人跑到城堡外不遠處的樹林裡玩耍。

他在樹林裡遇到一隻落單的小羊人，小羊人見到人類很是膽怯連忙就想跑，可是喬納斯玩興大起，怎麼可能讓到手的玩具如願逃掉。

小羊人最終沒能逃出喬納斯的手掌心，他被喬納斯騎到身上，頭上兩根羊角被那年僅六歲的孩子粗蠻凶狠地徒手拔掉，鮮血頓時噴湧而出。

小羊人哀鳴著痛苦倒地，濺得一身血的喬納斯舉著戰利品的羊角，興高采烈地跑回城堡找人炫耀。

等小羊人的獸人同伴循著哀鳴聲來到樹林時，小羊人已經倒在血泊中奄奄一息，沒一會就完全斷了氣。

十數隻獸人將小羊人還殘留些許溫度的遺體團團圍住，齊聲發出陣陣悲泣的野獸低鳴。

任誰都看得出來小羊人是被殘害致死的，獸人們的悲傷很快便化作憤怒。他們徘徊在樹林周邊，無差別攻擊每個經過的人類，見人就咬，一個也不放過。

等喬納斯拉著母后和一群隨從侍衛回到樹林，要讓他們看看自己的傑作時，那群殺紅眼的獸人一瞧見喬納斯手裡的羊角和一身暗紅色的血跡，瞬間就將目標移轉到喬納斯身上，各個張牙舞爪朝他撲了過來。

喬納斯被嚇得愣在原地動彈不得，身旁的侍衛瞬間反應過來朝那些獸人開槍。

在不絕於耳的槍響中，王后緊緊護著喬納斯，想要趕緊把他帶回城堡，卻沒注意到身後猛然竄出一隻紅著眼的失控獸人。

儘管是自己的孩子有錯在先，母親保護孩子是本能。當時王后知道已經來不及閃躲，便使勁把喬納斯遠遠一推，自己承受著獸人的撕咬。

等到侍衛趕過來一槍打死那隻失控的獸人時，王后已經被撕碎得不成人形了。老國王在接獲王后的死訊後理所當然勃然大怒，當即就命令眾人對獸人展開無差別追擊，那年的大屠殺便自此拉開了序幕。

「喬納斯從小就性格乖張扭曲，王后剛為了保護他而死，他轉頭就繼續四處逢人便炫耀徒手拔斷了羊人的角。」

利奧靜靜地聽完喬克述說的內容，靜默了數秒後，才低聲開口：「我的母親……最後也死在那場屠殺裡。」

那年在喬克離開之後，利奧與母親按照他指示的方向逃。

起初一路上都很順利，沒有碰到任何想奪取獸人性命的人類，然而就在即將要越過帕里斯納王國國境之際，卻不慎遇到了埋伏。

利奧的母親替他擋下一槍，臨終之際將一直佩帶在身上，尤西德從前作為定情信物贈與她的一枚紫晶石交給利奧，並撐著最後一口氣交代，要利奧想辦法逃到薩爾瓦尼王國找到親生父親，以此尋求庇護。

「後來獨自逃跑的那段時間，我不小心被捕獵人發現身分，被他們綁進地下室，受盡凌虐與苛待。他們本來已經談好價格要把我賣進黑市，我趁著他們移轉商品的過程咬死一個看守的人，才得以趁亂逃跑。」利奧接著說道。

利奧最後幾乎是用爬的來到薩爾瓦尼王國境內，駐守邊境的士兵還以為他是偷偷潛伏偷渡進來的入侵者，把他抓起來審訊了幾日。

最後靠母親交給他的那枚信物，才得以見到當時已經成為國王的尤西德。

流浪多時的小野豹終於有了容身之處，卻沒有感到多開心。尤西德雖然承認利奧作為王子的身分，卻只是把他扔在城堡裡自生自滅。

尤西德早就迎娶了正式的王后，有一個漂亮嬌蠻的小公主，他們才是一個家庭。

利奧在薩爾瓦尼王國生活了將近二十年，一天比一天沉悶。

他很少說話，盡可能地降低自己的存在感，可是王后和公主還是十分忌憚這個外來者，一心只想將他趕出城堡，就怕未來哪天尤西德會將王位傳給利奧這個外來的私生子。

哪怕利奧對王位一點也不感興趣，王后和公主還是沒有停止頻繁地找他麻煩。二十年來利奧幾乎每天都在想念母親，想念一起生活過的族人，想念那段雖然居無定所但至少自由的童年時光。

他也時常會想起喬克，那個總是板著一張臉的小小少年王子，不知道他過得好不好。

直到後來喬克成為帕里斯納王國的新任國王，尤西德終於確定要派桑妮公主前去與其聯姻，此舉讓王后與公主對利奧的敵意升至最高點。

畢竟公主要是嫁去帕里斯納王國，利奧作為尤西德僅剩的孩子，繼位是早晚的事。

「桑妮抵死不從是真的。她死也不願意嫁給你，不願意離開薩爾瓦尼，於是就和王后商討要怎麼藉這個機會讓我頂替她嫁過來，還剛好被我聽到了。」

利奧淡淡地笑了一下，「她們可能沒想到，桑妮不願意嫁給你但我願意，我連作夢都想著要離開那座城堡，想去帕里斯納王國見你。所以我順著她們的計畫，坐上原本該要載著桑妮的馬車，代替她來到你身邊。」

利奧停頓了一會，喬克聽見他說：「也還好我來了，雖然一開始你什麼都不記得，但是能再見到你，我真的很高興。」

對利奧而言，比起迫害獸人的人類，喬克更像是偶然間貫入童年時期的一束光芒，讓他想起過去那段記憶時，不是只有全然的陰暗與痛苦。

他們相處的那段日子縱然不長，但利奧卻是打從心底感到快樂。

「我……」喬克苦澀地乾嚥一口氣，甚至不太敢接觸利奧投過來的眼神。

縱使自己並不是始作俑者，但要是那時候他多加留意喬納斯的行為及早阻止，那些無辜的獸人、利奧的母親、納特的父母，或是前王后，可能統統都不會受到波及。

而記憶裡那隻有點煩人、有點天真，但又有點可愛的小雪豹，也不至於經歷那些他想都無法想像的悲慘過去。

喬克曾經覺得獸人都是怪物，那段曾被獸人拯救的記憶被遺落在腦海深處，在他後來的記憶裡，只留下發狂的獸人咬殺人類的畫面。

之後他也從沒有再細想過，獸人之所以會失控攻擊人類，源於人類的迫害占了大多因素。

「你不需要對我感到抱歉，喬克。」利奧看著他閃避視線的側臉，和那欲言又止的歉意，彎了彎嘴角說。

「我和你說過，沒有人能夠選擇自己的出生，但可以選擇自己的作為。你那時候選擇幫助我和母親，雖然結局並不圓滿，但對我來說已經夠了。」

利奧的聲線平穩，有種讓人心生平靜的魔力。

喬克慢慢放鬆肩膀，張開原本覆在利奧手背的那隻手，翻動手腕張開五指，和他掌心貼著掌心，手指一根一根扣進他的指縫間，然後收緊。

「——所以你還打算只是把喬納斯監禁了事嗎?·喬克。」喬森冷冷的嗓音憑空插入氣氛正濃烈的他們之間。

他從喬克說起二十年前那場大屠殺的始末開始，一路聽完了全程。

「在想起喬納斯是這一連串事件的始作俑者後，你還打算只是關著他，不讓他為過去二十年來無辜喪命的人付出代價?」

喬森的語氣咄咄逼人，眼圈甚至有點泛紅。要不是納特有力的手臂攬住他的腰，他可能在聽到一半的時候就壓不住情緒，想上前和喬克打一架。

那時候喬森還很小什麼都不懂，沒有人告訴過他那年究竟發生什麼，為什麼母后會驟然離世，父王會震怒地放任人類攻擊獸人。直到今天，他才終於從喬克口中得到解答。

他自小缺失的母愛，納特與父母失散後顛沛流離的過往，和無數獸人受到的種種摧殘與不公平對待，一切的一切都是源於喬納斯一時玩興大起。

而現在那個罪魁禍首卻只是被關在地牢裡，還能吃能睡，甚至可能還在謀劃著要怎麼逃出來。

以命償命，喬納斯死一百次都抵不了他造的孽。

「喬克，你不心疼你的王后，但我心疼我的狼人。」喬森紅著眼咬牙說：「喬納斯憑什麼啊？我們又憑什麼啊？」

喬森用了「我們」，把自己歸在與獸人對立的一方，只因為身為人類，更身為喬納斯的親弟弟。

「喬森，沒事的，已經過去了。」納特以鼻子蹭蹭喬森的臉頰低聲安撫，又把他抱得更緊一點，讓自己身體的熱度能夠傳到他身上，「我現在有你。」

喬森緊抿著嘴唇，浮躁的心跳在納特聲聲安撫中漸漸緩了下來，但他還是怒不可抑。

他知道喬克之所以遲遲沒有下定決心將喬納斯以謀反為由判死罪，是因為喬納斯當時是遭他們倆連合構陷才失勢。

喬克或許有些冷酷，但為人正直的他是第一次做出這種陷害人的事，心裡總感覺不太踏實，認為把喬納斯監禁起來，確保不會逃出來作亂就夠了，應該罪不至死。

「你怎麼知道他不心疼我？」利奧突然笑咪咪地插話進來。

他曲著膝蓋，刻意晃了晃和喬克十指緊扣的那隻手，曖昧地眨眨眼說：

「他在床上有多心疼我，你們不是都聽過嗎？」

「……」喬克的視線有些尷尬地在身旁的利奧，以及喬森和他的伴侶之間游移，最後選擇沉默不語。

小野豹的命定婚儀

Snow Leopard's Destiny Marriage

第9章

風雪在第二天早晨趨緩。

他們一行人在山洞裡過了一夜，利奧和喬克擠在同一個睡袋裡，腦袋枕著喬克的肩膀，或許是因為這裡是小時候生活過的地方，他睡得還挺沉。

相較之下喬克就睡得不那麼安穩，他剛想起來過去很多回憶，無數片段在腦中撞過來撞過去，一閉上眼就會有清晰的畫面浮現，根本沒辦法睡得著。

天剛亮時喬克就完全清醒了，身邊的利奧和不遠處窩在一起的納特與喬森都還熟睡著。他沒有馬上起身，而是垂眼看著利奧熟睡的臉，連呼吸都放得很輕。

利奧的睫毛很長，貼著下眼瞼，隨著規律起伏的呼吸細微地顫動。他的臉頰有一點肉，鼻梁很挺，上唇有個小小的唇尖、下唇飽滿，親吻時的觸感相當柔軟。

這好像還是喬克第一次這麼仔細觀察利奧的臉，從光潔圓潤的額頭到眉宇間的細小褶皺，從微微上翹的嘴角到尖尖的下巴，記憶裡五官全擠在一張小小臉龐上的小雪豹，轉眼間已經長開，每一道線條輪廓都生得精緻又完美。

喬克用手背輕輕碰了碰利奧軟嫩的臉頰，想到喬森昨天說他不心疼利奧，他怎麼可能真的不心疼。

在什麼都還沒想起來的時候，他就曾不只一次為利奧時不時透露出的一點過去，或是明明沒有安全感卻故作不在意的小心試探，而感到一種鮮明的憐惜。

更何況現在全都回想起來了，昨天聽利奧講述過去他們分開後那些遭遇，喬克總感覺心臟像被一隻手緊緊掐著，又酸又澀。哪怕後來利奧調笑著用些不正經的話轉移了話題，他也沒有一刻停止過心疼。

「陛下。」

喬克正專注地盯著利奧的臉看，腦海中各種思緒紛飛，一聲壓低了音量、畢恭畢敬的叫喚陡然在耳邊響起。喬克偏頭一看，滿身涼氣的洛肯正低垂著頭，像是要和他報告什麼。

喬克動作極輕且緩慢地將利奧的腦袋從肩上挪開，又替他攏好睡袋才爬起身低聲問道：「怎麼了？」

「清晨沒有下雪，我帶幾個人出去繞了一圈，打算按照原定計畫先去清查這裡的駐兵點，但當我們來到地圖上標記的地方，卻沒有發現駐兵營地的痕跡，只看見一片特別以柵欄圍起來的區域。」

洛肯攤開手，喬克看見他的掌心裡有朵花瓣邊緣發黑發皺的紫色小花，「圍起來的區域不大，我們在那裡找到這個。」

喬克接過那朵花，捏在指尖細細端詳，確實和他們先前從黑市繳獲的那一批紫薑草長得一模一樣。「只有一朵？」

「那裡明顯是有人在看守的地方，我們不敢待太久，翻進去快速搜過一圈就先撤回來了，只找到一朵。」洛肯說：「不過就算有其他的應該也不多，那裡大部分都是枯萎的植物根枝，沒什麼生機。」

「──那附近有房子嗎？」

一道剛睡醒還有些沙啞的嗓音插了進來。喬克偏過頭，只見利奧揉著眼睛從睡袋裡爬出來，一邊打了個大大的呵欠。

洛肯點頭說：「有，稍遠一點的地方確實有幾棟看起來像是新建的矮房。」

利奧眨去眼角的生理性淚水，腦袋一歪靠上喬克的肩膀，「你們要有心理準備，這裡可能已經被外族人入侵占領了。」

帕里斯納王國北方邊境與另一個小國家相連接，兩國數十年前曾簽訂協議，以邊境線為分界，彼此互不越界互不干擾，這麼多年來一直都很和平，從未傳出他們意圖入侵的消息。

「可能原本駐守在這裡的士兵早就被收買了也說不一定。」喬森縮在火堆邊，嚥下一口乾巴巴的麵包，嫌棄地皺了下眉說道。

邊境本就是比較難以管轄的區域，尤其北方這種四季總是環境惡劣的地方，一年到頭可能都不會有首都官員親自過來巡視。

洛肯拿出一張地圖攤在地上，利奧一邊啃麵包一邊看，覺得喬森說的也很有可能。「我去看看吧。」利奧吞下最後一口麵包，舔了舔手指上沾著的麵包屑，「實際看過就知道到底是不是真的被入侵了。」

「我和你一起去。」喬克馬上說。

「你?你還是先算了吧。」利奧笑著說：「我會化成獸形去探路，萬一被發現還可以假裝是誤闖的野獸。」

喬克還是不放心，他抬頭看了眼不遠處的喬森和納特。喬森知道兄長想說什麼，刻意別開眼不和他對上視線。納特心領神會，小聲對喬森說：「我也可以假裝是誤闖的野獸。」

喬森深吸一口氣，煩悶地往納特腿上用力拍了一下，「我當初就不該心軟，讓他們來打擾我們的生活。」

午後天空又開始飄起了雪。

納特與利奧一狼一豹結伴同行，依照洛肯他們清晨走過的路線，果真來到那片被柵欄圍起來的區域。他們倆在柵欄邊停下，警戒地觀察四周狀況。

在確認四下無人後，兩個人跳進柵欄裡，在一堆枯枝爛葉中，找到了幾株還沒完全枯死的紫薑草植株。

利奧正用前爪刨著凍得又冰又硬的土，想將植株連根拔起時，納特的耳尖忽然顫動，他頓了一瞬，隨即扯了一下利奧的尾巴，壓著嗓音急促地說：「有人來了，先躲起來。」

利奧聞言立刻跟著納特跳出柵欄，一頭栽進一旁的樹叢裡。

「你不可以抓我的尾巴。」待他們躲好以後，趁著還沒有人，利奧朝納特作勢揮舞爪子，故作嚴肅地小聲說：「我們都是名草有主的人了，要檢點。」

納特疑惑地問：「什麼是檢點？」

「就是除了愛人以外，不能夠讓別人碰你身體的任何部位，尾巴、肚子，或是更私密的地方都不可以。」利奧解釋得頭頭是道：「你想想，如果有別人碰喬森的身體，你會不會生氣？」

納特在腦袋裡想像了下那個畫面，然後點了點頭說：「我懂了。」

狼人的聽力相當敏銳，過了好幾分鐘後，果不其然納特剛剛聽到的腳步聲與人聲來到跟前。利奧和納特從樹叢間的縫隙窺視，一矮一胖的兩個男人先後走進那片紫薑草園裡。

「最近是不是都沒有修薩的消息？」他們聽見胖男人向矮男人問道。

「是啊，都要一個月了，不會是跑路了吧？混帳！上次出貨的那批紫薑草他們還沒有付款！你看看，植株又死一片了。這麼難養的破東西，要不是還有點賺頭，誰想花力氣種！」

「應該不是跑路。」胖男人沉吟了一聲，覺得事有蹊蹺，「約定好的『大事』還沒有做，他不可能主動跟我們斷絕聯絡。」

「可是喬納斯都被關起來了，原定協助他謀反的計畫不是無期限停擺了嗎？」

「是這樣沒錯，但修薩的兄長貌似對新上任的國王很有意見，他們兄弟打算連手推翻現任國王，放出喬納斯，改擁立他為王。」

利奧與納特愕然地互看一眼，不自覺同時屏住了呼吸。

「那也會和原定計畫一樣，等喬納斯登基，就會把北方這一大塊區域劃給我們王國嗎？」

「嗯，是啊。等等……」胖男人忽然話鋒一轉，「你腳旁邊的土，是不是不太對勁？」

「嗯？奇怪了，昨天來巡視的時候確實沒有這塊痕跡。」矮男人蹲下身來，摸了摸地上新鮮的抓痕，「看起來像動物刨過的痕跡，可能是誤闖的野獸或獸人吧。」

「這幾天多留意一點吧，修薩無故失聯這麼久，總覺得哪裡不對勁。」胖男人說：「他們兄弟都準備這麼久了，我會再試著聯絡修薩，看看是不是有要把計畫提前。早點拿下這片地，我們也才能早日安心。」

利奧和納特趁隙連忙回到山洞裡，把剛才聽到的一切一字不漏轉述給其他人聽。

「喬克你看，我之前不是說了？」喬森冷冷一哼，「不早點處決喬納斯，後患就在這裡等著。」

喬克臉色鐵青，一言不發地看著帶回消息的兩個人。

「目前能確定的是，喬納斯當初為了取得王位，用北方邊境這塊地作為交換私通異族，只不過計畫還沒來得及實行，就被你們兄弟聯手送進地牢。」

利奧向喬克指出重點，「城堡裡那個想讓我跟你生孩子的公爵，其實早就對你很是不滿了，私下勾結黑市首腦的弟弟，打算繼續推進當時沒來得及執行的計畫，把你踹下王位，擁立喬納斯當他們的新國王。」

喬克閉了閉眼。他當初爭奪王位，是抱著想讓王國發展得越來越好的志向，但喬納斯不一樣，喬納斯想當國王，純粹是為了能手握更多更大的權力，人民會成為喬納斯的掌中玩物，要殺要留都隨心情。

如果當初爭奪王位的對手是喬森，那喬克可能不會有怨言。即使最終沒能贏得王位，他也會甘願輔佐喬森，兄弟齊力讓王國變得更好，因為他知道喬森有那個能力。

但喬納斯並非如此，他從小就是這個樣子，凶殘野蠻、自私自利，別人的痛苦就是他快樂的來源，喬克不可能認同讓這種人成為國王。

「你現在有兩個選擇。」利奧靠在喬克身邊，輕聲對他建議。

「我們立刻回去城堡，把牢裡那幾個傢伙再重新審訊一次，逼供到他們認罪後就直接處決，再慢慢清理剩下的餘黨。或者趁夜突襲，抓一兩個活口回去當證人，一次就把相關人員全部一網打盡。你不妨選一個吧，我的陛下。」

喬克睜開眼睛，幽暗深沉的眼眸與利奧清亮的雙眼四目相對。

過了數秒，他張口揚聲喚道：「洛肯——」

「是。」

「讓外面巡邏的侍衛都先回來休息整裝，午夜十二點一過，你負責帶隊夜襲那群入侵者，並且徹底銷毀那片紫薑草園，要速戰速決。」喬克以國王的身分下達命令，一雙薄唇啟闔，帶著不容拒絕的威嚴，「只要留兩個活口，剩下的一律直接殺掉。」

天穹掛上黑幕，向來安靜的北方邊境這夜不大平靜。以洛肯為首的精銳部隊分成兩路包抄，在最短的時間內，就將幾棟矮房裡大約十個異族人全部拿下，僅僅留下兩個活口。

「不對。」利奧看著眼前混亂血腥的畫面，突然皺著眉抬頭，和納特對看一眼，「人數不對。」

納特發出一聲低鳴，接著也說：「人也不對，和下午看到的面孔不一樣。」

下午他們兩人又到矮房四周探查過一圈，當下粗估矮房裡有超過二十個人，現在洛肯他們只捉拿下十個人，並且和他們下午看過的面孔沒有一個相同，顯然不是同一批人。此外，他們在紫薑草園碰上的那一矮一胖兩個男人也不在其中。

「陛下。」洛肯前來回報時渾身是血，胸膛劇烈起伏，「六棟矮房皆搜查完畢，一共殺死九名外族、擒獲兩名活口，我們無人折損。」

「很好，接下來就是銷毀那片紫薑草園。」

「是。」

利奧還是覺得不對勁，這整個突襲過程進展順利得令人不太安心。

果然正當洛肯打算回去矮房周遭整兵時，不遠處忽然爆發一連串槍響，傳來剛血洗完矮房的士兵們不妙的驚喊。

「隊長！盧卡斯中彈了！」

「對面山丘上有好幾處埋伏！比我們的人還要多！」

「赫爾也中彈了！赫爾！赫爾——」

「快離開房子！」洛肯回頭大喊：「那裡有光！他們看得見！」

他們只顧著閃避前方的混戰，沒注意到身後的一片黑暗之中，有道身影悄悄靠近。在所有人都措手不及之際，人影從後方勒住喬克的脖子，冷森森的槍口直對上他的腦袋。

利奧和納特見過的那個胖男人挾持住喬克，朝他們冷冷勾起嘴角，「別動喔，子彈可不長眼。」

利奧瞳孔驟然一縮，他看見喬克被人壓制根本沉不住氣，緊握的雙拳不斷地發抖，朝那人大喊：「放開他！」

槍口直抵國王陛下的太陽穴，在場沒有一個人敢輕舉妄動。喬森被納特護在身後，洛肯也在喬克眼神示意下，擋到利奧身前。

喬森從納特身後探頭厲聲道：「你現在挾持的可是這個國家的國王，要是不想沒命，最好馬上放開他！」

胖男人聞言先是一愣，很快又笑了出聲，臉頰上的肥肉都笑得不停亂顫，「國王陛下……我這是走了什麼好運啊？這下也不用等修薩聯絡，甚至不用把喬納斯救出來，直接把你殺了，再帶著我們的人從北方邊境一舉往內進攻……」

「你們究竟想要什麼？」喬克冷聲問。儘管被人拿槍抵著頭，他的聲線依舊保持著平穩冷靜。

「想要什麼？」胖男人咧開嘴，複誦一遍喬克的問題，「我們本來也不貪心，只要北方邊境這一小塊地方就好，不過既然現在國王陛下都在手上了，你說我們能不能乾脆把你殺了，直接拿下整個帕里斯納王國？」

「你想得美。」

「我想得美？那你要不要猜一猜，對面山丘上埋伏的人裡面，有多少原本是你們駐守在這的士兵？」

與喬森先前的猜測如出一轍，原本駐守在邊境的士兵早就統統被入侵者收買，不僅不再聽命於帕里斯納王國，甚至在這場混戰中加入敵方陣營與他們為敵。

這次出行北方邊境喬克帶上不少兵力和武器，利奧和納特下午探查時，也判定以他們帶的人手，足夠一口氣收復這處被異族入侵的土地。

是他們所有人都判斷錯誤，沒料到敵方兵力遠比所見的還要多，才會害得喬克現在被人挾持在手裡，也害那些隨行的侍衛在一片未知中折損。

利奧目光緊盯著胖男人的動作，一絲一毫都不放過，他在等對方露出哪怕一毫秒的破綻，都要將喬克從那支槍下救出來。

他終於等到了，在獸人極佳的夜視能力下，他看見胖男人的眼瞳朝一旁轉動了些許。

利奧在那一瞬間化成豹形，從洛肯身後高高躍起，在濃重的黑幕中像一道急閃而過的白色閃電，埋伏暗處的敵人反應過來開槍支援之際，他已經一口咬住胖男人舉槍的那隻手臂。

喬克想阻止但已經來不及，只能大喊一聲：「利奧！」

男人被咬斷一隻手臂發出的慘叫，與距離極近的槍聲同時響起。

利奧滿嘴是血，將喬克壓在身下，耳邊雜亂的槍響格外接近，兩發子彈先後直直從利奧側腹貫入。

喬克感覺到壓在身上的重量越來越沉，隱忍的低吟就貼在耳邊，他顫抖著手摸上利奧的身軀，摸到一掌心的溫熱血液。

「利奧？」喬克吃力地從利奧身下爬出來，跪立在他身邊，「利奧、利奧，聽得見我的聲音嗎？」

子彈卡在利奧的身體裡，劇烈的疼痛讓他無法控制自己變回人形，只能勉強睜開眼，伸出舌頭舔了一下喬克的手。太狼狽了，利奧心想。

四周埋伏的敵人正快速移動包圍而上，洛肯在剛才一片混亂中領著從矮房撤退回來的剩餘殘兵，將他們的國王與王后團團圍住，盡最後一分力也要保護他們。

奈何敵方人數實在太多，似乎仍有源源不斷的兵力。洛肯帶來的士兵再矯健精銳，擊退一批攻勢馬上就有下一批接著補上，直到幾乎耗盡彈藥。

「喬克，站起來！」喬森踢開腳下異族人的屍體，臉上濺滿鮮血，厲聲朝還跪在地上的喬克大吼：「你要跪到什麼時候？站起來！你的王國，你的王后，你難道不想保護他們嗎？」

喬克猝然回神。敵方的攻擊被擋在人牆之外，手下們都還在奮力保衛他的安危，而他的利奧也在等著他帶自己回家。

喬克撕開外衣，緊緊綁住利奧不斷湧出鮮血的傷口，俯下身鄭重而深情地親吻他，嘴唇貼在微微刺硬的毛皮上沉聲說：「等我，馬上就帶你回家。」

喬克拾起戰死士兵落在地上的槍枝，轉頭第一槍就射穿遲遲等不到同伙營救的胖男人額頭，不讓他留下一句遺言。

「洛肯，不用留活口了，前面這批剿滅就先撤退！」喬克也知道他們帶來的武器和兵力不足以應付這麼多敵方，便下令道。

「遵命！」

「納特、喬森，很抱歉將你們捲進來，」喬克瞇著眼又開了一槍，打算從喬森被後偷襲的男人被一發子彈貫穿喉嚨，幾秒鐘就沒了聲息，「回去以後，我保證不會再去小木屋打擾。」

「閉嘴！你的保證根本沒有一點可信度！」喬森擰眉罵了一句，隨即仰頭朝另一個方向喊道：「納特！回來，不准離我太遠！」

納特吐掉嘴裡已經嚥了氣的肉塊，轉身跑回喬森身邊。

然而他的腳步卻突然停在半途，尖尖的耳朵顫了顫，有點意外地回過頭，往一片黑壓壓的山丘上看。

「納特！」

「等等喬森，等等，我聽見了，其他獸人的聲音！很多！」納特說罷，仰天發出一聲長長的獸鳴。

洛肯手上的子彈已經耗盡，他扔掉槍枝近身與面前的異族人扭打在一起，肩膀被好幾顆子彈擦過，正汩汩地冒著血，卻像感覺不到疼痛一般，徒手就扭斷其中一人的脖子。

然後他也聽到了。在一片紛亂嘈雜的聲音中，聽見一道相當耳熟的聲音，在敵軍埋伏的山丘那端，遠遠地傳了過來。

「主人——」

洛肯驚愕地瞪大雙眼，他怎麼也沒想到能再次看見那隻逃跑的小狐人，還是在這種既混亂又險惡的場面下，簡直以為自己正在作夢。

陶德的身後跟著一大票數不清數量的獸人，無數野獸的鳴吼與人類的驚叫蓋過那一聲聲槍響，山丘那頭埋伏的兵力很快便被獸人們徹底撕碎，一部分前來支援的獸人們往喬克他們所在的方向奔去。

「主人！」狐狸形態的陶德飛速跑到洛肯身前，又在眨眼間變回人形，興奮地一把撲進洛肯懷裡，「主人！總算找到你了！」

「你怎、你怎麼……」洛肯單手搭住陶德的腰，還是感到難以置信，「你不是逃走了嗎？」

「我沒有！只是先回米爾丘陵去看看老夫婦的墓，跟他們說說話。」陶德仰頭解釋：「我拿走你的手帕，就是為了能循著氣味找到你。」

陶德眉心微微蹙攏，接著有些埋怨地說：「只是你跑得好遠啊，一路上還都是血腥味，我怕你有危險，就沿路召集獸人一起行動，還好我們趕上了。」

陶德注意到洛肯肩上的傷，眉心皺得更緊了，騰出一手掏出那塊被自己帶走好一陣子的手帕，壓在洛肯的傷處，有點難過地說：「怎麼還是受傷了呀……」

洛肯重重吞了口唾液，猛地用力將陶德擁進懷裡。手帕在陶德的驚呼聲中落在髒亂的地面上，洛肯不讓他撿，死死地將人鎖在自己懷中。

「你要有心理準備。」洛肯將臉埋在陶德的肩窩，深深吸了口氣，「既然回來了，我就不可能再讓你離開。」

「我不會跑的。主人，我跟著你！」

任誰也沒想到，最後獸人們的支援會成為最大助力，把敵方剩餘的兵力一網打盡，最終只留下唯一一個活口——利奧和納特他們見到的那個矮男人。

除了利奧以外，還有幾個尚有呼吸但傷勢較嚴重的士兵，他們隨行帶來的醫療用品不夠充分，只能簡單處理後盡快啟程回城堡治療。

喬克帶著利奧和傷勢比較嚴重的傷兵先行返程，洛肯則受命留下帶領剩餘的士兵收拾善後，同時銷毀那片紫薑草園。

喬森和納特沒受什麼嚴重的傷，乾脆好人做到底跟著一起留下來。喬森認為反正喬克欠的人情一時半刻也還不清，不如再讓他多欠一點，等未來哪天有機會，一次討筆大的回來。

利奧身中兩槍，萬幸的是沒有傷及致命部位，雖然暫時動不了，但起碼還維持著一點意識。

在顛簸的馬車上，利奧一條尾巴軟軟地垂著，趴在喬克腿上小小聲地悶哼，語氣虛弱地對喬克說：「要是現在死掉可就太虧了……王后的寶座還沒坐熱呢……」

「別說話了。」喬克的手撫在利奧腦袋上輕輕壓了壓，垂眼說道：「你不會死。」

「好痛啊……」利奧以鼻尖頂了頂喬克的腹部，一雙眼睛慢慢瞇起來，聲音也越來越小，「萬一我真的在半路死了……你不准一回去就娶新王后。好不容易才想起來呢……」

喬克深吸口氣，把利奧抱得更緊，又低聲重複說了一遍：「你不會死。」

小野豹的命定婚儀

Snow Leopard's Destiny Marriage

第10章

城堡上下亂作一團，國王浴血歸來，懷中還抱著一隻虛弱的雪豹。喬克當即下令集合全城堡最頂尖的醫療人員，無論如何都得將他帶回來的雪豹，和所有重傷的士兵統統治療好。

國王的命令是絕對且不容置疑的。喬克說利奧不會死，那無論傾盡多少醫療資源耗費多少人力，利奧都得活下來，活跳跳地回到他身邊。要像從前一樣，高興就調戲他，想要就勾引他，令他頭疼無語又遷就縱容。

眾人震驚於他們的王后還有著變異獸人這樣特殊的身分，但沒有一個人敢提出質疑。

第二天清晨喬克就召開會議，提出北方邊境被異族入侵，和喬納斯與異族勾結一事，並宣布等到洛肯將活捉的異族人帶回來審訊後，他會徹底清查牽涉其中的所有相關人員，而包含薩利爾、修薩等人則會全部處刑，一個也不留下。

有好幾個反對黨大臣暗中與薩利爾站在同一陣線，這會都坐立難安，他們本來還打算抓著利奧變異獸人的身分大做文章，這時腦中只剩下該怎麼脫罪。

喬克每天最常待著的地方就是利奧休養的房間。

利奧體內的子彈已經順利取出，傷口也完美縫合，一切生命跡象都很穩定，但就是一直沒有轉醒。利奧以豹形的姿態趴伏在床上，好像只是睡得又香又沉，安安靜靜的。

喬克同樣靜靜地望著他，避開利奧的傷口處輕輕撫摸，感受著掌心底下流動的血液與脈動，心裡才安心一點。

小時候初次見到利奧時，喬克總嫌他煩又吵，每天嘰嘰喳喳在他耳邊說個不停，住在洞穴的幾個月裡沒有一天清靜。

後來時隔這麼多年再度重逢，儘管他什麼也不記得，利奧還是原本的利奧，話一樣很多，說話內容比純潔童貞的孩提時光多了些曖昧旖旎，經常把他調戲得面紅耳熱。

利奧本來就該是這樣，總是精神充沛，讓周遭一片熱鬧，而不是像現在這樣蜷縮在床上，一點生氣也沒有。

「快點醒來吧。」喬克坐在床邊，歪著腦袋趴到床墊上，一隻手覆著利奧的身體，帶著一點睏意喃喃低語：「得讓你親眼看看，那些人是怎麼被處決的。」

喬克這一閉上眼，就陷入了沉沉的睡夢之中。

在一片恍惚中，他又回到一切初始的那個山洞，高高地飄在空中，看著底下群聚在一塊的獸人。然後他聽見自己的聲音，稚嫩且不耐煩地對趴在身邊的小雪豹說：「利奧，你能不能安靜一點？」

「噢。」小利奧委屈地應了一聲，爬起身來追著自己的尾巴繞圈圈，自己跟自己玩耍，好不容易抓到了，便叼著自己的獸尾又黏到小喬克身邊，含含糊糊地問：「你要不要摸摸我的尾巴？」

「不要。」

「摸一下嘛，很乾淨的。」

「不要。」

「摸嘛，就摸一下嘛。」

小喬克拗不過他，伸出小手往利奧的尾巴輕輕抓了一下，軟軟刺刺的，觸感很是特別。

他一抓小利奧就咯咯地笑，笑得停不下來，到小喬克手都縮回來了還在笑。小喬克無語地看著他，過了許久利奧終於笑夠了，趴回小喬克腿邊笑笑地說：「我的尾巴只給你摸喔，因為我最喜歡你了！」

喬克是被臉上突如其來的一道溼意驚醒的。

他猛然睜開眼睛，意識尚不清醒之際，迎面就對上一張靠很近的豹臉，不禁嚇了好大一跳。過了幾秒他才回過神來，怔怔地抬起手，放到利奧的腦袋上低聲說：「你終於醒了。」

利奧以臉用力地磨蹭他，把喬克的臉頰和脖子都摩擦得發癢發紅，頃刻間又化成人形，盤坐在床上笑咪咪地看著喬克說：「我作了一個夢。」

喬克深情地看著他仍有些蒼白的臉沒有出聲，等利奧自己接著說下去。

「我夢到你嫌棄我的尾巴不想碰。你小時候真不識貨，豹的尾巴可不是平常想摸就摸得到的。」利奧將手伸向前，撫摸喬克的臉，拇指指腹蹭了蹭他發青的眼下，「我是喜歡你才讓你摸。」

喬克心裡一動，拿下利奧的手，吻了吻他的掌心說：「嗯，我知道了。」

才說完喬克眼眸一垂，忽然一愣，這才注意到本該綁在利奧腰上的繃帶，隨著他變回人形全部鬆落開來，露出底下還泛著紅的猙獰傷疤。

喬克連忙命人進來替恢復人形的利奧重新包紮，並嚴正地警告他，在完全恢復之前不准再隨意變換人形或獸形，以免不利於傷口癒合。

洛肯帶著他的小跟班陶德和當時留下來善後的士兵，在利奧醒後的隔天回到城堡，一回來也顧不得休息，匆匆前來向喬克匯報情況。

那片紫薑草園已經被他們與前來支援的獸人們攜手銷毀，一株活根都沒有留下，並且也加強巡視周邊，確定其他地方沒有被入侵的跡象。

那群獸人在洛肯一行人將一切善後完準備返回城堡時，並未索要任何報酬或獎賞，默默地各自解散回到原先前來的地方，或許未來會繼續在流浪中度過一生。

而帶回來的那名唯一活口正被關在地牢，和喬納斯等人一樣被加強看守，等待國王陛下親自審訊。

另外那片敵方埋伏的山丘上，確實找到八名當初被發派到邊境的士兵。雖然已經幾乎被野獸撕碎得辨識不出原本樣貌，但配槍上都有王室刻印，的確是帕里斯納王國的士兵。他們統統都和那些死去的異族人一起，隨便挖個洞埋了進去。

戰場上英勇犧牲的戰士往往在死後都會將生前殊榮刻在墓碑上，以供後人追念，並永遠緬懷他們為王國的付出。但那些被收買投效敵方的叛徒不配擁有姓名，不配擁有墓碑，他們的屍骨終將爛在泥土裡，再也不見天日。

而當初與北方小國簽訂的協議，在他們入侵帕里斯納王國北方邊境之際就形同作廢。這件事不能就這麼不了了之，等待之後平定國內局勢，這筆帳得連本帶利向他們討回來。

等洛肯報告完，喬克看看他，又看看黏在他身邊的陶德。他們身上沾滿著連日奔波的塵土與血痕，洛肯肩上也還帶著傷，於是喬克便下令：「你們先回去好好休息，剩下的等傷養好了再說。」

「是。」

「你的房間不夠大，也不能總是兩個人擠一間，我再讓人整理城堡裡一間空房，陶德可以住在那裡。」

喬克剛說完，屋內三雙眼睛同時看向他，每一道眼神裡都充滿著糾結。喬克被盯得很不自在，皺著眉不解地問身旁的利奧：「怎麼了？」

「還怎麼了，你怎麼那麼遲鈍啊。」利奧失笑，朝髒兮兮的那兩人說：「你們先回去吧，我找人替你們換間大一點的房間，不會讓你們分房睡。」

「謝謝王后。」洛肯微低下頭，恭敬地道了聲謝。

陶德也開心地笑了，接在洛肯之後，尾音上揚地跟著喊了一聲：「謝謝王后！」

等他們離去之後，喬克眉心間的摺痕還是沒有完全散去，望著那兩人手牽著手離開的方向，喃喃地開口：「他們兩個……」

「不用懷疑，就是你想的那麼一回事。」利奧笑著說：「還想讓他們分房睡，你知不知道妨礙別人自由戀愛會被嫌棄嗎？」

喬克抿了抿唇，「不知道。」

「那你現在知道啦！」利奧笑著摟住喬克的腰際。

在異族人招供後，對於喬納斯等人勾結謀反的判決很快就確定下來了。這次無論緹朵怎麼哭著哀求，喬克都不再有一絲心軟。

豔陽高照，天空格外湛藍的某天，行刑臺上綁著一排跪著等待處決的罪犯。薩利爾在被槍決的前一刻，還挺直著腰揚聲對冷眼看著的喬克高喊：「獸人就是禍害！繼續放任獸人危害人民，王國遲早會在你手裡滅亡！」

急促的一聲槍響貫入薩利爾的太陽穴，他終將抱著對獸人的厭惡與偏見，含恨而死。

而喬納斯作為曾經的二王子，罪孽尤為深重，在所有罪犯都處刑完畢後，他被單獨押上血淋淋的行刑臺。喬納斯精神恍惚跪在一片血泊之中，不懂為何走到今天這個地步，他明明什麼都沒做，也什麼都還沒來得及做。

「喬納斯。」喬克居高臨下地望著他，眼神冰冷不帶一點情感，「今天就算是我給喬森，給過去受到迫害的所有獸人一個交代了。」

「不、不是的！我沒有害死喬森！我沒有害死獸人！我沒——」

槍聲一響，喬納斯一雙睜大的眼眸失去光澤，沒能說完的狡辯最終只能哽在喉嚨裡，再也沒有下文。

喬克命人將喬納斯的死訊告知喬森。傳話的僕從回來以後，說喬森什麼也沒有表示，只淡淡地應了聲「知道了」，就把他趕走，回去和他的狼人過著恩恩愛愛的兩人世界。

這和喬克原先所設想的反應差不多，他淺淺地勾了下嘴角，也說了一句「知道了」。

城堡裡終於又恢復了平靜。漫漫的前方未來，還有許多事情等著喬克和利奧去做。

利奧的傷勢恢復得很好，兩週後就順利拆線了，除了留下明顯的疤痕以外，並沒有其他後遺症。但令他有點憂愁的是，即便拆線後喬克好像依然把他當作傷患。

無論利奧如何勾引，有時候明明兩人親著都渾身燥熱了，喬克還是說什麼都不肯和他上床，寧可自己去泡冷水也不願意碰他。

禁欲使人焦躁。尤其喬克好不容易想起從前往事，他們好不容易心意相通，結果卻有其他障礙堵在他們之間，那可怎麼行。利奧摸了摸腰上微微凸起的傷疤，心裡暗暗有了想法。

清晨時分天色濛濛發亮，睡夢中的喬克沒來由地忽然感覺到一陣燥熱，腿間似乎有種很微妙而難以忽視的騷動。

他迷迷糊糊地睜開眼，只見一顆白白的雪豹腦袋停在身下，隔著褲子正舔著他隱隱隆起的部位。這畫面很是怪異卻又深深刺激著他的迷濛的腦袋，喬克倒抽一口氣，推開利奧的頭坐起身來，啞著嗓音問：「你在做什麼？」

「舔你。」利奧答得理所當然，爪子攀著喬克的大腿，腦袋湊上前又要繼續舔。

「等等，你等一下……」褲襠被舔得一片溼漉漉，喬克半瞇起眼，語帶一絲命令的口吻喚他：「利奧，停下。」

利奧依然埋在喬克腿間，用鼻尖頂了頂那明顯很有精神的胯部，沾了一鼻子自己的口水。他發出一聲低低的哼聲，不太高興地說：「又要去泡冷水嗎？」

喬克還是用這陣子以來一模一樣的藉口拒絕，「你還沒痊癒，要靜養。」

「我早就好了！」

利奧索性變回光溜溜的人形，故意留下一雙獸耳和那根長長的獸尾。他跪在喬克胯間，拉過他的手往自己腰間那道早已長出新肉的疤上摸，「你摸摸看，已經都好了！」

喬克的指腹在那塊凸起的軟肉上摩挲，神情還是流露著一點不放心。

利奧圈著喬克的手腕，牽引著他摸到自己腿間早就忍耐不住滴滴淌水的陰莖，神色委屈地說：「我都這樣了，你還不願意碰碰我嗎？」

喬克指尖停在利奧紅潤的龜頭上，沾著孔縫間流出來的汁液，在那敏感的前端打轉，把整顆龜頭都蹭得水光透亮。

喬克本來妥協地想，乾脆就用手幫利奧弄出來一次，應該不至於太傷他還沒恢復好的身體。然而他終歸還是低估了打開欲望開關的利奧。

利奧用深吻轉移喬克的注意力，等喬克回過神來時，那條被舔得淫淋淋的褲子已經被利奧脫下隨手扔了下床。晨起時本就是反應最大的時候，喬克那根碩大的肉棒直挺挺地立在腿間，一副早已蓄勢待發的模樣。

「你明明也想要。」利奧懲罰性地在喬克舌尖上輕咬一口，乾熱的掌心包裹著那根粗硬的陰莖套弄幾下。而後他翻過身改背朝著喬克，雙手搭在喬克的膝蓋上，用早前已經自己擴張好的溼滑股間去磨他的那根陽具。

利奧毛茸茸的尾巴隨著動作拍在喬克臉上，喬克眼眸一暗，在利奧抬起屁股將他吞吃進去的同時，把那條尾巴繞在手上，放到嘴邊輕咬了一下。一時間兩個人重重的喘息聲幾乎重疊在一起。

好一陣子沒做了，利奧裡頭緊得要命，每吞進一寸內壁就縮夾一下，久違的劇烈快感讓喬克差點把持不住，在利奧好不容易將他吞進一半的時候，猛然摟住利奧的腰往上狠狠一頂。

「啊——」利奧脖頸高高仰起，一瞬間填滿的快感讓他忍不住驚叫出聲，抓在喬克膝蓋上的手指也隨之縮攏起來，指節跟著泛起一層白。

喬克一手抓著利奧的尾巴，另一手稍微弓起手背，蓋在利奧腰間的疤痕上，在情欲之中還是小心翼翼地克制自己不去壓到那處。

他的膝蓋被壓著，動得有些艱難，他舔了一口利奧的後頸，啞聲說：「你自己動，動慢點，小心一點。」

利奧回頭和喬克接了個吻，牙齒刁住他的下唇，聽話地自己擺動起腰來。起初利奧確實動得不快，每一下都慢慢磨著體內的敏感點，他喜歡那種被撐開摩擦時的感覺，可是很快他就漸漸感覺到不滿足。

利奧鬆開壓著喬克膝蓋的手，抬起腰讓體內的陽具抽離身體。在喬克摸不清他要做什麼之際，利奧拉開腰間上的手往前俯趴，高高翹起的臀瓣中間，那肉紅色的穴口直直映入喬克眼簾。

「來，這樣幹我。」利奧紅著眼角說。

他的尾巴還被喬克抓在手上，這麼往前一趴，被扯得根部有些疼，但疼痛之餘又有一種被征服的快意。利奧喜歡讓喬克碰他的尾巴，無論是咬或者含，還是捏在手裡輕輕扯動都很喜歡，也只喜歡喬克碰他，換作其他人都不可以。

喬克跪到利奧身後，垂眼看著股間那一張一縮的小嘴，隨即扶著自己抵上前，一點一點重新將那根熱燙的性器塞了回去。喬克所有的理性和隱忍克制，在利奧蓄意勾引下統統消散殆盡，一點也不留。

「啊、好舒服……哈啊……那裡、那裡嗯嗯……」身後的撞擊一下重過一下，利奧兩瓣臀尖都被拍得發紅，尾椎處一直不斷輕輕發顫。

喬克舔著利奧的後頸，身下持續動作，一手把玩他的尾巴，另一手探到利奧身前，握住他溼答答的陰莖套弄，不放過他體內體外每一處敏感的區域，不一會就把人送上了高潮。

利奧長吟一聲射在喬克手裡，痠麻的內裡緊緊絞著體內的硬物。喬克咬住利奧的後頸，隨著一連數十來下不間斷的頂弄，很快也將積累多時的濃稠精液悉數射入利奧痙攣不止的體內深處。

高潮過後的溫存是最令人沉溺的。利奧汗涔涔地趴在喬克身上，兩人同樣黏膩的身體緊貼在一起，他低頭啄吻那雙難得帶著一點柔和弧度的嘴唇，嗓音仍帶著被情欲浸染後的沙啞，問他：「是不是很舒服？」

喬克無奈地捏了捏他的後頸，低低「嗯」了一聲。

早晨被利奧這麼胡鬧一陣，喬克已經完全清醒了。兩個人抱在一起低聲說話，喬克向利奧訴說一些對獸人一族未來的規劃。

「我打算在王國裡建幾所專門教育獸人的學校，讓他們能夠更容易融入人類社會，他們可以學習人類語言，建立自己的家園，不需要再一見到人類就躲，也不用一生都在流浪中度過。」

喬克摩挲著利奧的尾巴根部，繼續說：「可能沒那麼容易，也許要花上很多時間，但我一定盡力達成。」

他向利奧再次許諾。在很久很久以前，一群獸人護送喬克回城堡時，他就曾經許下過的承諾。

那時喬克對利奧，對那些照顧過他的獸人說，將來等他當上國王，一定會盡自己所能保證獸人與人類之間的平等，現在到他實現承諾的時候了。

利奧頂著喬克的鼻尖，眼眸裡的笑意滿含著愛慕與柔情，「嗯，我相信你，我也會永遠陪著你。」

——《小野豹的命定婚儀》完

小野豹的命定婚儀

Snow Leopard's Destiny Marriage

番外　侍衛長與小狐人

「——洛肯，姐姐希望你一直保持善良正直，勇敢無所畏懼。你會成為保衛王國的英勇戰士，但請永遠記住，你也是我最愛的弟弟，受了委屈就回來，這裡永遠是你的家。」

洛肯離開家之際，從小相依為命的姐姐不捨地緊緊抱著他，這麼和他說道。

洛肯自小沒有父母，一直是由姐姐茱莉照顧他，一路將他拉拔長大。

茱莉比他年長十歲，是個溫柔又嫻淑的人。他們家境並不寬裕，為了給洛肯好的生活環境，在他有記憶以來，茱莉每天都早出晚歸相當忙碌，就為了能多給他吃上一塊肉，穿上一件保暖的衣服。

在洛肯的印象中，茱莉幾乎沒有自己的時間，她所做的一切都是為了能讓洛肯過上好一點的生活。她始終把洛肯擺在第一位，也因為要照顧這個年幼的弟弟，就算遇到心動不已的對象，也不敢與對方有所發展。

洛肯感念姐姐的照顧，不願意成為她的負擔累贅。於是在他十五歲那年，就決心離家投身城堡為王國賣命，將睽違十五年的自由還給茱莉。

洛肯初到城堡，就被配屬到當時還是大王子的喬克手下做事，憑著耿直的性格與不凡的身手，他沒花太長的時間就成為喬克身邊的貼身侍衛。

一直到喬克繼位，洛肯被提拔為侍衛長後，他才首次告假回鄉。

茱莉已經結了婚，有了自己的家庭。

洛肯看到她時，她挺著圓潤凸起的肚子，牽著一個可愛的小男孩，身旁還跟著一位看起來很可靠的男人，時時刻刻保護著她，他們一家人臉上洋溢著滿是幸福的笑意。

洛肯就這麼靜靜地看著眼前溫馨的景象好一會。他只是遠遠地看著，沒有上前打擾，最後頭也不回地返回城堡。他心想這樣很好，姐姐就該這麼幸福。

洛肯將自己所有情感都留在那個小小的家園裡，繼續替喬克賣命。他以為這輩子將不會再有所牽掛，直到遇上那隻變異的小狐人陶德。

剛被救出來的小狐人看起來既脆弱又可憐，精神和身體狀況都相當糟。洛肯沒有什麼照顧人的經驗，只能回想小時候姐姐是怎麼照顧自己的，並加以應用。

洛肯身形粗獷但為人心細，陶德在他悉心照料下恢復得很好。恢復精神的小狐人變得相當黏人，無論洛肯去哪裡就跟到哪裡。

後來洛肯跟著喬克暫時回到城堡，為抄掉黑市做準備。

他有工作要忙，不可能像在小木屋那時候一樣，去哪裡都讓陶德黏著。於是洛肯把陶德安置在自己的房間，囑咐他不能亂跑，並且每天一收工就盡快趕回去，陪伴沒有安全感的小狐人。

「主人，你回來了！」陶德總是這麼喊洛肯，尾音常帶著明顯的雀躍歡愉。

儘管洛肯訂正過無數遍自己並不是小狐人的主人，陶德還是改不過來。改不過來就算了，洛肯最後這麼想。

洛肯的體貼與溫柔，短短時間內就讓陶德卸下所有防備。他們變得很親近，每當洛肯忙碌一整天累極了回到房裡，陶德總會蹦蹦跳跳地湊上來撒嬌，也會在洛肯梳洗過後替他按摩渾身痠脹的肌肉。

洛肯從十五歲開始就一直是一個人，即使當上侍衛長，住的還是最早進城堡時分配到的那間小小房間。喬克提過要幫他換間寬敞一點的，但洛肯婉拒了，他就自己一個人，小一點的空間能讓他有安全感與歸屬感。

儘管現在小小的房間多了個小小的身影，但洛肯並不覺得擠，反而覺得多了一點人的氣息也挺好的。

他們每天睡在同一張小床上，陶德睡相不算好，經常睡著睡著就會滾到洛肯懷裡，洛肯每次都迷迷糊糊地抱著他一覺到天亮。

從一開始被指派照顧陶德時的不知所措，到覺得就這麼養著他好像也不是不行，這中間也才經過短短的時間。

洛肯已經習慣那總黏著自己的小跟班，習慣每天回到房裡，就會有人開開心心地喊他主人，歡迎他回來。

他喜歡那種有人等候，被人需要的感覺。

所以當有天結束整日工作，像平常一樣滿懷期待打開房門，眼前卻只剩一片空蕩蕩時，他突然感到有些茫然。

空蕩蕩的房間，無人等候的門後，明明過去十多年都是這麼過來的，明明他們也才相處短短一個多月的時間，那一瞬間洛肯竟然感覺到一陣令人窒息的空洞。

小狐人逃跑了，還順道帶走了那塊洛肯一直很珍惜的，姐姐親手縫製的手帕，還有他身上為數不多的幾枚金幣。

洛肯不太在乎錢財，這些年替王國賣命賺到的財富，大半都託人以各種名義送去給姐姐了，他自己身上只留了一些，也不太用得到。

至於那塊用了很久很久的手帕，洛肯到頭來卻發現，比起珍視的手帕，更令他感到悵然若失的還是不告而別的陶德。

洛肯沒有想過自己會再見到陶德，還是在與異族敵人搏鬥，生死關頭之際。

陶德帶著一群獸人替他們解決眼下的困境，當那個小狐人從山丘那頭向他奔來時，洛肯還以為自己快死了，正作著臨終前最後一場美夢。陶德說他沒有逃走，只是回去看看老夫婦的墓，和他們好好道別，馬上就又回來找洛肯了。

在一片混亂嘈雜的黑暗之中，洛肯緊緊抱住陶德。

他曾以為在姐姐結婚生子之後就再無牽掛，此時此刻卻只想將這個小狐人牢牢綁在身邊，不准他再離開自己。

收復北方邊境之後，洛肯將陶德帶回城堡，利奧替他們換了間大一點的房間，此處依然是只屬於他們的小小天地。

有天陶德忽然找出一條黑色絲帶，絲帶上繫著一顆小巧的鈴鐺，他把絲帶放到洛肯手上，然後轉過身去，要洛肯替他綁在脖子上。

洛肯不明所以地問：「這是什麼？」

「是我回去看老夫婦的時候找到的。」陶德說：「很小很小的時候，他們會在我的脖子繫上鈴鐺，說萬一迷失找不到回家的路，他們聽見鈴鐺聲就能找到我。」

陶德拉著洛肯的手，搭到自己脖子上，「以後不管我去哪裡，你也能聽鈴鐺聲找到我了！」

洛肯動作輕柔地替陶德綁上那條絲帶，然後陶德轉過來，用手撥弄了一下喉結下方處的那顆鈴鐺，笑彎著眼角和洛肯說：「你替我綁上鈴鐺，我以後就是你的人啦！」

洛肯心裡一動，再也忍耐不住地扣住陶德後腦，低頭碰了一下他的唇角。

——番外〈侍衛長與小狐人〉完

小野豹的命定婚儀

Snow Leopard's Destiny Marriage

外傳　狼人與小王子

喬森外出狩獵的時候遇到一頭狼人。狼人餓壞了，凶狠地朝他張開血盆大口，露出尖利駭人的獠牙。

喬森一點也沒被嚇到，背著獵槍和狼人商量，「你別吃我，我幫你獵頭鹿來。」

狼人低吼一聲，表情依舊猙獰，著地的雙腳卻沒有再向前一步。

喬森滿意地一笑，要狼人在原地等著，舉著獵槍鑽進一旁草叢中。過沒一會，驟然響起幾聲槍響，片刻後喬森放下獵槍起身，拍拍身上的泥土雜草，從後腰包取出一捲繩索。

喬森力氣雖大，但成鹿對人類而言拖動起來還是有些吃力，他粗喘著氣把那頭剛死不久的鹿拖行到狼人身邊，把繩頭遞給他，「吶，答應你的，自己的食物自己帶走。」

狼人愣愣地接過另一頭綁著鹿腿的繩子，反應過來後張嘴就要撲上去啃咬，卻被喬森用力拍了一下，「沒規矩，回去再吃。」

狼人不滿地對著喬森齜牙咧嘴，可是喬森根本不怕他，回頭去撿扔在地上的槍。狼人看著他的背影，默默地彎腰拾起繩子。

喬森把狼人帶回自己的落腳處，那是棟不大的小木屋，但屋裡什麼都有。他搬出兩張椅凳，又拿了一些乾柴，打算在外頭升火烤肉，結果餓壞的狼人在喬森轉頭進屋的時候，早已控制不住地撲上那頭死鹿，狠狠撕咬那新鮮的皮肉。

等喬森升好火時鹿已經被狼人啃食掉一半，他嘆了口氣，自言自語般說道：「看來明天得再去找新獵物了。」

狼人耳尖一動，粗魯地將鹿腿撕扯下來，遞給坐在木凳上烤火的喬森。

「謝謝。」喬森笑著接過血淋淋的鹿腿，放到火堆上烤熟，「我叫喬森，是這個王國裡最小的王子。你呢？你有名字嗎？是從哪裡來的呀？」

狼人嘴上還帶著鹿血，沾得嘴邊毛髮上都是，看起來有些可怖。狼人搖搖頭，好似在回應喬森的問題。

「那我替你取個名字吧。」喬森眉毛一挑，興致勃勃地道：「叫瑪莉怎麼樣？是很可愛的名字。」

狼人低吼一聲，表達自己的不滿。

「開玩笑的。叫你納特吧？納特是禮物的意思，也許你是上帝看我可憐被趕出城堡，送來陪伴我的禮物。」喬森臉上依然帶著笑，將烤得焦黃的鹿腿翻面，接著繼續烘烤。

狼人這回接受了喬森的提案，對納特這個名字沒再有任何異議。

喬森的臉被灼熱的火堆燻得微微發紅，他抹了把額角被蒸出來的汗，偏頭看向納特，「納特，你不會說話對吧？」

納特遲疑地點了下頭。

「但你聽得懂我說的話。」

納特又點了下頭。

喬森看向納特的眼睛頓時亮了起來，和他說：「那你留下來陪我吧。我教你說話，替你獵捕食物，你只要陪我，什麼都不用做。」

納特依言留了下來，為喬森這棟冷清的小木屋添上少許生氣。

喬森每天都教納特說話，納特學習的速度很快，沒兩天就學會一句——「喬森，我陪著你」。他的嗓音很低沉，還帶著一絲野獸獨有的嘶啞，叫著喬森的名字時甚至有些性感。

他們倆就這麼一起在小木屋裡生活好長一段時間，一起狩獵、一起分食，喬森替納特做了幾件寬鬆的衣褲，還在自己房間的隔壁空房替納特鋪了張柔軟的床，讓他平日在那裡休息。

喬森不厭其煩地教納特說話認字，教他一些世俗禮儀，納特認真地學習，很快也能和喬森說一些自己以前在野外流浪的故事。

日子過得安逸而愜意，直到一天夜裡納特睡到一半，忽地被一聲短促的呻吟驚醒。

納特耳尖動了動，聲音是從隔壁房間傳來的。他遲疑了一會，還是下床走到隔壁喬森的房間前，呻吟聲更鮮明了，又軟又黏，令人感到燥熱。

納特吞了口口水，推開半掩的門走進去。剛想問喬森是不是發生什麼事了，眼眸對上床上人影的那瞬間，納特一怔，頓時說不出話來。

床上的喬森渾身赤裸，裹著薄薄的汗液，張開雙腿直直對向門口。納特能夠清楚地看見對方腿間腫脹勃起的肉根，和塞著兩根手指溼淋淋的肉穴。

喬森見房間進來了個不速之客也不慌張，依然來回抽動埋在股間深處的手指，為自己帶來細麻的快感。他半抬著頭，微紅的眼眸直勾勾地看著納特傻愣的臉，半晌手指碰到體內最敏感的那塊軟肉，他揚高脖子嗚咽一聲，腳趾也隨之捲起。

「喬森……」納特又吞了一口唾液，腳步艱難地往床邊緩慢移動，啞著聲喚喬森的名字。

喬森被這一聲叫喚弄得更興奮，插在體內的手指動得更快，另一手也忍不住探到身前，握住自己漲得通紅的陰莖反覆摩擦。

喬森一邊自瀆一邊喘息，他看著納特帶著些許隱忍的表情，挑起嘴角笑了一下，「哈啊……知道我為什麼被趕出城堡嗎？因為、嗯……父王要我和鄰國公主聯姻時，我和他說沒有辦法。」

「我沒辦法和鄰國公主結婚，沒辦法和任何女人締結婚約，因為啊、我就是個只想被男人插屁股的騷貨。」喬森的聲音很輕陣陣發顫，帶著一點自嘲，和著黏膩的細細水聲。

納特看著喬森這副與平日截然不同的模樣，有點不曉得如何用言語形容現下的心情，只覺得有一團火逐漸往下燃燒，燒得他身下都隱隱起了反應。

「如果你覺得噁心，可以隨時離開。」喬森眨了眨眼，泛紅的眼角落下生理性淚水。他頓了頓，又往自己體內加了一根手指，帶著一點討好的語氣向納特說：「如果不會，納特，來幫幫我……」

納特鬼使神差地順著他的話走到床邊，試探性地用帶著微刺短毛的手碰了碰喬森光裸的腰。

見喬森只是敏感地縮瑟一下並沒有閃躲，便更大著膽子欺身壓了上去，湊到喬森耳邊，沉著聲說著最熟練的那一句：「喬森，我陪著你。」

被納特碰觸到的每寸肌膚都起了細細點點的雞皮疙瘩，喬森難耐地悶哼，抓著納特的手去碰自己腿間水流得到處都是的陰莖。

納特從善如流地圈住他的莖柱，軟刺的絨毛包裹住莖身敏感的皮肉，喬森忍不住呻吟了一聲，腳背繃得更緊。

納特終究沒有和人類親密的經驗，抓著喬森搓揉摩擦的動作毫無章法。喬森卻還是從細微的疼痛中嘗到強烈快感，他一面搗弄自己的後穴，一面享受納特為他手淫。

腦中一片白光閃過之際，喬森揚高的脖頸勾勒出漂亮的弧線，凸起的喉結滾動。納特看了心裡一動，手上的動作未停，湊上前用鼻子蹭了蹭他喉嚨那塊凸起，又伸出溼漉漉的舌頭沿著往上舔，一路舔到喬森吐著難耐喘息的薄唇，留下一道曖昧溼濡的水痕。

「哈啊、要、要射了——」

隨著一記拔高的呻吟，納特感受到身下的人忽然全身一陣痙攣。他有些擔心地低頭一看，只見被自己抓在手裡揉弄的東西頂端充血漲紅，下一秒一股股腥濃白濁液體從中間的小孔噴灑而出，沾得他滿手都是。

剛經歷高潮的喬森張著嘴癱軟在床上無聲地喘氣，納特依然輕柔地撫弄他溼黏的肚皮和腰際。喬森舒服地瞇起眼，曲起膝蓋頂了頂從剛才就一直貼著他的腿根，存在感十足的部位，有些故意問道：「狼人有發情期嗎？」

納特沉默了幾秒，舔了一下喬森的唇角，壓抑著聲音說：「有。」

「那你還等什麼？」喬森挑釁般地朝納特挑眉，伸手去扯對方腰胯上自己做的那條寬鬆褲子，「納特，來，幹我。」

喬森赤裸裸的邀請勾起納特沉寂已久的獸欲。納特已經很久沒有這種衝動了，想要狠狠撕扯眼前這個人，狠狠抱住他，狠狠貫穿他，幹得他只知道哭喊求饒，一個字也說不完整。

褲子已經被喬森扯掉，胯間那根巨碩的陽具早已抬起頭來，雄糾糾氣昂昂地貼在喬森的腿間磨蹭。

納特僅存的最後一點理智在喬森的手摸上來的同時瞬間消散殆盡，他粗喘著氣，兩手握住喬森的手腕壓制在床上，直挺堅硬的肉棒摩擦著喬森溼滑無比的股間。

「喬森、喬森……」納特啞著聲不斷喚著喬森的名字，龜頭抵著早被喬森自己搗得鬆軟的穴口，慢慢頂了進去。

獸人的性器本就分量十足，進到一半時喬森就覺得幾乎被填滿了，帶著點哭腔要納特等一等。

「等不了。」納特的眼睛滿是血絲，是被情欲薰染的模樣。他舔著喬森的臉，下身用力一撞，又往裡頂進了大半，「是你先勾引我的，喬森。」

脹痛和酥麻併行，喬森眨去蒙上眼眶的水霧，只聽納特又接著說：「你不穿衣服，對著我張開腿，在我面前用手指插弄自己，又哭著要我幹你。」

納特用鼻尖頂了頂喬森的鼻子，下身抽送的速度一點也沒有減緩下來，「你要我怎麼忍？」

喬森被納特撞得頭昏腦脹，他張開著腿迎合，沒一會又縮回來緊緊圈住納特不斷聳動的腰桿。喬森的大腿被納特的皮毛磨得通紅一片，有點刺癢但不難受，是種難以言喻的滋味。

「納特、納特啊……又、又頂到了……嗚……」喬森有種幾乎要被貫穿的錯覺，下身溼淋淋又熱辣辣的，肉穴彷彿一張柔軟的小嘴嚼著那根肉刃，害怕卻又捨不得鬆嘴。

納特被喬森夾得幾乎無法控制自己，喉間發出陣陣嘶啞的低吼，頂弄的速度與力道也越發無法控制，一下下都撞得喬森尾音發顫又破碎。

喬森剛剛洩過一次的陰莖不知不覺又站了起來，直直貼在肚皮上，隨著納特抽插的動作夾在兩人腰腹之間摩擦著，讓他很快又有想射精的感覺，只能啞著聲求饒：「納特、鬆開，別壓著我的、啊……我的手……」

納特在情欲中稍稍回過神，猶豫地鬆開喬森的手腕。喬森一手立刻探下去撫弄自己腫脹的陰莖，另一手勾住納特的脖子，手指輕輕揉捏他的耳朵。

第二次高潮的快感比第一次要來得綿長一些，喬森痙攣著緊緊夾住納特還埋在他股間的肉棒，擰著眉額邊沁滿了汗。納特先讓他舒緩一下，但很快又開始動作，把喬森下身搗得一片泥濘，溼黏曖昧的水聲不絕於耳，汗水、淫水和精水沾得床單到處都是。

納特最後也不忍了，隨著下腹一陣緊縮，他緊緊將喬森摟在懷中，粗魯地抽送數十來下後，將一股又一股濃濃的精液盡數射進喬森體內深處。

一場性事像烈火燒得又快又急，在床上抱著溫存一會後，納特才緩慢地把自己退了出來。剛射過精的那東西仍然硬著立在腿間，溼淋淋紅通通的，看上去猶為駭人。

喬森紅著眼看了一會，忽然間翻身趴了下去，塌下腰抬起臀，反手就將兩根手指塞進自己還未閉攏的後穴中，摳挖著納特方才射得太深的濃精，一面小聲抱怨：「你射得太多了，又很深，弄不出來明天會肚子疼的。」

納特看著喬森的動作，眼神逐漸變得危險。他推開喬森清理的手，翻身覆了上去，再一次將自己埋入那柔軟溼熱之處，用陰莖代替喬森的手指，替他把射得太深的那些東西挖出來。

當然，這只不過是想再來一遍的藉口罷了。

那一晚後兩人的距離忽然拉近許多。納特住的那間房徹底空了下來，每晚都和喬森擠在那張不算寬敞的床鋪上，緊緊抱著人睡。

有那晚的經驗在前，喬森徹底放了開來，往後的日子兩個人也經常做愛。不一定是在床上，野外蓬鬆的草堆上、清澈涼爽的河水中，只要來了感覺，隨處都能是他們親密相纏的地點。

這天納特在替喬森劈柴，劈了夠接下來大半個月用的滿滿一堆。他抱著劈好的柴，打算先拿去木屋旁的小倉庫堆放，才走到一半，就見喬森在有些距離的另一側，面前還站了一排士兵模樣的人。

這是很罕見的景象，畢竟這裡一直以來都只有他和喬森兩個人，從來沒有外人來過。為首的那個人不曉得在和喬森說什麼，喬森臉色並不是很好。納特見狀便放下懷中的木柴，快步向那處邁進。

走近但還沒聽清他們在說什麼，為首的男人和後邊一排士兵一見到納特，立刻警戒了起來。男人面色不善地問喬森：「你和這怪物住在一起？」

喬森眉心一皺，不高興地反駁：「納特不是怪物，是我的狼人。」

「狼人就是怪物。」男人冷哼了一聲，「你是不是有什麼毛病？寧可跟個怪物住在一起，也不願意回城堡。」

「我說了，納特不是怪物。」喬森加重語氣又強調一遍，「帶著你的人回去吧，喬克。我不想參與你和喬納斯爭奪王位的那些事，我很滿意現在的生活，不可能跟你回去。」

被喚作喬克的男人聽不進去，伸手就要硬拉著喬森跟他回去。納特看不得別人在面前對喬森動手，低吼了一聲上前擋在喬森和對方之間。也就那短短一瞬間，一位沉不住氣的士兵以為納特要對主人不利，托著槍的手都還沒擺穩，就朝納特開了一槍。

子彈穿進納特腹部，他猙獰著臉嘶吼一聲，劇痛讓他疼得向地上倒去。

那聲槍響也劃破了喬森的理智，他蹲下去扶住納特，用力按住冒血的那處傷口，抬頭紅著一雙眼瞪著面前不敢貿然再有動作的士兵，「都給我滾！誰敢再對他出手，就別怪我不客氣了！」

在城堡裡時，喬森無論槍法還是貼身近戰，都是整個王室實力最強的，就算是長年受訓的高階士兵都不一定打得過他。

和他從小一起生活的喬克當然知道，才會半抬起手讓背後的手下不要輕舉妄動，但嘴上卻仍不死心地繼續說服道：「喬森，你不可能一輩子都待在這個破地方，和這隻狼人生活的。你不想爭取王位，那就勢必得在我和喬納斯之間選邊站。」

喬森一心只擔心著納特身上的傷，不管喬克說什麼，他從始至終仍只有一句回覆：「滾，別讓我再說一遍。」

小木屋周邊總算又恢復安靜。納特半躺在床上，地板和床單滿是怵目驚心的暗紅血液，地上還散落著一個剛才被咬爛的枕頭。在沒有麻藥的情況下，喬森將嵌在納特體內的子彈挖了出來，又仔細替他縫合傷口，纏上繃帶。

納特痛得腦袋發暈也有些失控發狂，但他強忍著，寧可把枕頭咬爛吃進一嘴棉花，也不願傷害喬森一分一毫。

「好了。」喬森將剩餘的繃帶收起來，坐到床邊，很輕很輕地隔著繃帶撫摸著納特受傷的腰腹，「剛才那個人叫做喬克，是我大哥，也是這個王國的大王子。」

喬森垂著眼，說話的嗓音有些沉，「他告訴我父王的身體越來越差，可能過不了今年冬天。父王沒有直言要把王位傳給他還是二王子喬納斯，只讓他們兩個各憑本事。我不曉得他為什麼突然過來，但我猜父王所謂的各憑本事，可能是要看他們誰能讓我服軟回城堡，要我站在其中一邊。」

喬森輕輕嘆了口氣，「如果是這樣的話，過幾天該輪到喬納斯來了。」

喬森臉上的表情滿是納特從未見過的煩悶與惆悵，納特看著心裡也悶，說不上來是什麼感覺，只能安撫地摸摸喬森的手背說：「別怕，喬森，我陪著你。」

納特的話讓喬森心裡好受一點，面色卻仍有些悵然，他將指腹抵在納特裹著繃帶的地方細細地摩挲幾下，發愁道：「怎麼辦呢，這下得禁欲好幾天了。」

納特：「……」

嘗慣性愛的身子，真要禁欲個好幾天那必然是不可能的。納特養傷的第三天，喬森就再也忍不住剝光自己，光溜溜地騎到他身上。

「喬森……」納特難耐地吞了口唾液，對喬森這般赤裸裸的勾引毫無抵抗力，一點也招架不住。

喬森不管不顧地用光裸的屁股去磨蹭納特充血的下身，納特被他磨得難受，喉間頻頻發出壓抑的低吼。

「傷口還痛不痛？」喬森手掌抵在納特硬實的下腹問道。

納特搖搖頭說：「不痛，我來。」

「那可不行。」喬森勾起唇角笑了笑，反手握住納特早已硬脹起來的那東西，塞在股縫間用溼滑的兩片臀瓣夾著磨，「傷患就好好躺著，我自己來。」

為了避免納特掙動，在吞入之前喬森還拿來一條布條，將納特的雙臂高舉捆住。納特故作凶狠地朝喬森齜牙咧嘴，喬森卻對他這點裝腔作勢的動作毫無畏懼，還故意用長長的布條打了個漂亮的蝴蝶結，「好了，這樣好看。」

「放開！」納特喊道。

「不放。」喬森舔了舔唇，唇邊拉開一抹狡黠的笑，俯下身誘惑般地說道：「你好好看著，看我是怎麼把你吃進去的。」

說罷喬森抬起腰，扶著那肉根對準自己鬆軟的穴口，雙腿大張咬著下唇，緩而慢地往下坐。縱然吞吃過無數次，喬森還是無法一下子就適應納特碩大的陰莖，吞得很是緩慢。

納特最為敏感的龜頭和肉冠被窄緊的肉穴夾著吸允，對他而言無疑是種折磨。納特幾乎想撕爛綁著手的布條，翻身把喬森壓回身下，狠狠地挺腰貫穿他。想歸想，但他還是死死咬著牙忍住，忍得眼睛都紅了。

喬森感覺已經被塞滿，反手一摸卻摸到外頭還有大半截沒進去，喘了口氣顫著聲道：「嗯、嗯……你真的、好大啊……」

納特聞言往上挺了挺腰，動作不重，只往裡頂進了一點，沒把剩下小半截全塞進去，就等著喬森自己全部吃進去。

喬森被這一下頂得腰腿發軟，低叫了一聲往前趴，整個人伏在納特胸膛，剩餘那點露在外頭的根部也隨著他的動作全擠了進去。

「哈啊、滿了——」凸出的肉冠恰好磨過喬森體內最敏感那處，他夾緊臀部渾身痙攣，甚至沒有射精，就瞇著眼到達一個小高潮。

喬森趴在納特身上直喘氣，身子被納特短刺的皮毛扎得又癢又有一點刺痛，赤裸的白皙皮膚都被刮得有些泛紅。可是這點刺癢對正值情欲高峰的喬森來說，不過是讓人更加興奮的催化劑。

動。」

讓喬森緩了一小段時間後，早已受不了的納特挺了挺胯，啞聲說：「動

喬森又趴了會，側耳聽納特和自己一樣鼓噪的心跳，而後才緩緩撐起身，抬腰將埋在屁股裡的那根性器抽出大半，再抵著自己最舒服那處插了回去。

喬森的腰很軟，裡頭更軟，把納特裹得舒舒服服，半張開嘴重重地吐氣。他近乎著迷地看著喬森，也不曉得自己為何心跳快得發疼。不只是現在，每次和喬森相望相擁，和他待在一起，納特總感覺心跳不受控制。

每相處一天，這種感覺就越強烈一些。

「喬森，鬆開我。」納特紅著眼說。

喬森用被淚液浸溼的眼眸看著他，沒說好還是不好，也沒有伸手去解開繩結，只是接著挺腰擺臀，上下快速地動了好幾下。

「鬆開我。」納特又說了一次，張開嘴用牙尖很輕地刮了刮喬森的肩頭，「我不動，就抱抱你。」

喬森半信半疑，片刻過後還是伸手解掉纏在納特手上的布條。

下一秒納特活動了下好不容易自由的雙手，旋即環住喬森的背，緊緊將人摟住，曲著雙腿撐在床墊上，懲罰性地使勁往上顛了顛，狠狠抽送塞滿對方體內的肉棒十多下。

「啊啊——」一瞬間的快感讓喬森拔高著呻吟，他張著嘴，連溢出喉嚨的聲音都是甜膩的。

納特只是稍微動了這麼十來下就停住，主導權依然在喬森身上。喬森使勁地咬了納特的脖子一口，笑著罵他：「騙子。」

「不騙你。」納特以鼻尖戳了戳喬森的側臉，又舔了舔他的肩窩，「我不動了，你自己來。」

接下來大半個小時，他們誰都沒有再開口說話，一開口就是喘息和破碎的呻吟。

交合的部位不斷傳來啪答啪答的水聲，喬森絞著納特陰莖的內裡越收越緊，最後腰部脫力地往下一沉，無聲地張著嘴繃著腳背，一股一股地射出精液。

最後那幾下夾咬讓納特也忍無可忍，埋在喬森頸肩嗅著他身上好聞的味道，在痙攣緊緻的內壁反覆摩擦，隨後緊摟著喬森，也深埋在他體內射了出來。

兩個人擁抱著溫存好一會，喬森靠在納特懷中閉了閉眼，雙手不安分地在對方身上來回游移，指尖觸及一處溼潤。

本以為是自己剛才射出來的東西，越摸卻越覺得不大對勁，鼻尖除了性交後的腥臊氣味，還多了一絲突兀的鐵鏽味。

喬森猛地睜眼，顧不上腰還痠疼不已，股間還插著根沒軟下來的東西，就撐起身子往納特腰間一看，果不其然瞧見白色的繃帶上滲出不小的一塊血漬。

他連忙爬起身去找藥箱，納特在後頭喚他說沒事不要緊都聽不進去。

「下次非把你綁緊不可。」喬森重新替納特包紮一遍，確認出血的傷口真的沒有大礙以後才蓋下藥箱的蓋子，「不許你再亂動了。」

納特沒有應聲，畢竟那也不是他控制得住的事情。

一如喬森先前所猜測，二王子喬納斯果不其然在幾天之後就找上門來。

那夜納特與喬森相擁著睡得正香甜，鼻子靈敏的納特忽然嗅到一股濃重刺鼻的煙味，外頭還有凌亂的腳步聲和叫喊聲，登時睜開眼從床上起身。

一旁的喬森感受到身旁動靜，迷迷糊糊地睜開眼，還沒反應過來才剛叫一聲「納特」，就被納特攔腰抱起從窗戶翻了出去。

「怎麼回事？」雙腳落地的同時喬森整個人也清醒了，抓著納特的手臂，滿鼻子的濃煙氣味讓他用力擰起眉心，「晚餐升的火忘記熄滅了嗎？」

「熄滅了。」納特回道，帶著喬森小心翼翼地邁開腳步。

剛拐了個彎，兩個人都被眼前的景象驚呆了。

十數個士兵團團圍在小木屋前，手裡拿著槍或火把。在已經燃起的熊熊烈火前，為首的喬納斯指揮著他們，「燒！都給我燒！就不信燒成這樣，他還能繼續躲著！」

看著生活好幾年的小木屋被烈火吞噬，喬森雙手緊握著拳，還沒來得及動作，身旁的納特便怒吼一聲，撲上去攻擊離他們最近的士兵。

「納特，住手——」

納特的動作太快，喬森甚至才剛剛喊出聲，那個士兵的脖子就已經被硬生生咬斷了。鮮血四濺，場面一陣混亂怵目驚心。

「納特，停下！不許動！」喬森連忙上前，一腳重重踢開過來攔阻的士兵，只想著要趕緊阻止納特繼續傷害人類。

可是失去理智的納特並不是那麼容易控制，就連喬森的命令都聽不進去，在一連咬殺四五個士兵後，他才被其他士兵制伏住，反扣著雙臂狠狠按倒在地。

「放開他，喬納斯。」一名士兵舉著槍對準納特的腦袋，隨時都能扣下扳機。喬森腳步停頓，不敢貿然向前。

明明剛折損了幾名士兵，喬納斯卻一點也不焦急，臉上甚至帶著從容的笑意，「好久不見了王弟，這麼久沒回城堡，不會真的忘記王國律法了吧？」

喬森雙目赤紅地瞪著他，一言不發。

「忘了也沒關係，我來提醒提醒你。」喬納斯繼續笑道：「凡是任何種類的獸人，只要傷害人類，一律不問理由直接殺掉。你的這頭納特剛才殺了我幾個士兵？夠被砍幾次頭，就不用算給你聽了吧？」

「是你們先放火燒我房子的！」

「那又怎麼樣？你們受傷了嗎？我這邊可是死了好幾個親信的士兵，心裡痛得要命呢。」喬納斯佯裝沉痛地按了按心口，隨後又抬起頭，朝喬森斜斜扯了下嘴角，「不過我也不是那麼不近人情，只要你跟我回城堡，可以放了這頭狼人一馬。」

喬森眼底布滿血絲，一雙眼睛紅了一片，垂在身側的雙手緊緊握拳。他看了看被按在地上的納特，納特腰上的傷分明還沒治好，頭上又被槍托敲出一個流著血的破洞。

「喬森，你別聽他的！我、呃——」納特話沒吼完，扣著他的士兵又對著他的腦袋重重一擊。

那一下砸在納特頭上，更是砸在喬森心上。喬森滿目腥紅，再開口時嗓音卻弱了幾分，「……我和你走，你放了他。」

喬納斯得意地笑了，拍了拍喬森的肩膀，「早點這麼聽話不就什麼事都沒有了嗎？可以。你現在跟我走，我就放了他。別看了，這點保證我還是做得到的。」

「你最好說話算話。」喬森拍開喬納斯搭在肩上的手，面無表情地別開頭。在經過納特身邊時，喬森心疼地看了一眼傷痕累累的狼人，勉強朝他勾起一個安撫的微笑，「納特，你等我。別追也別傷害人類，就乖乖在這裡等我，我一定會回來找你的。」

「別去，喬森！喬森！喬森——」納特掙扎著嘶吼，可是無論怎麼吶喊，喬森再也沒回過頭。

喬納斯意氣風發地把喬森送進老國王的寢室，老國王很滿意，稱讚幾句後就讓他先出去。

喬納斯在門外遇見聽聞消息過來看看的喬克，一臉得意地對著喬克哼了聲，說這下王位可就歸他了。喬克臉色難看地看了眼老國王緊閉的寢室門板，最後沒有多說什麼轉頭就走。

喬森站在老國王床邊，皺著眉從喬納斯離去的方向收回視線，忍不住低嘆道：「真是個蠢貨。」

老國王蒼白虛弱的臉上透著一點笑意，問他：「哦，為什麼是蠢貨？」

「他們滿心想著把我帶回來，但你其實根本沒有打算把王位傳給他們。」喬森神情漠然，語氣毫無一絲起伏。

「你只是想找個藉口讓人把我綁回來，你看不上喬克空有頭腦，也看不上喬納斯空有蠻力，覺得我才是最適合繼任的人選。可是父王，你忘了嗎？當初可是你把我趕出城堡，要我滾得越遠越好，恨不得當作沒有我這個兒子。」

老國王面色凝重下來，他咳了幾聲，用著乾啞的嗓音說道：「我想通了，你喜歡男人也無妨。鄰國公主還有個哥哥，據說也喜歡男性，你要是願意，和他成婚也不是不行。」

「我不願意。」喬森嗤笑一聲，「來不及了，我現在不喜歡男人了。」

喬森朝氣色極差的老國王眨眨眼，漫不經心地回道：「我現在喜歡獸人。」

你不知道，獸人可比男人好多了，他們的肉棒很大，每次都能把我填滿，還夠硬夠持久，能夠讓我一整夜都闔不了眼睛，當然也合不了腿。你不曉得那滋味，嘖嘖嘖……」

老國王一張蒼白的臉煞時被氣得通紅，他瞪大眼指著面前的喬森，一個「你」字說了老半天，一口氣差點喘不過來。喜歡男人這件事老國王都得消化這麼多年，好不容易勉強屈服，沒想到喬森現在更過分了。

堂堂王國未來的繼承人喜歡獸人？開什麼玩笑！

「我怎麼就生出你這個不要臉的東西！」老國王分毫不見方才病弱的模樣，指著喬森大罵，又叫來守在門外的隨從，「從今天起加派侍衛看緊喬森，除了房間其他地方哪都不准去！」

喬森被軟禁了。說來可笑，老國王曾經勒令所有人不許讓他回城堡，現在又大費周章地要所有人看緊他，不准讓他離開城堡，甚至不能離開房間一步。

每天都有僕從固定時間送飯過來，喬森沒有絕食抗議，送來什麼他就吃什麼，餐餐溫飽，絕不留下一點食物。因為他知道，只有按時吃飯按時休息才不會生病，他還得用健健康康的身體回去找他的納特。

他被軟禁了大半個月，每天數著日夜更替，腦海裡盤算一個又一個逃離這裡的方法。除此之外，喬森每天做最多的事便是想著納特。想著納特，想著他的禮物。

也不曉得納特是不是真的有把喬森的話聽進去，乖乖待在他們一起生活的地方，安分地等著他回家。雖然他們的家已經被大火燒掉了，不過只要人還在，都還能夠再重建，並不是什麼難事。

又過了半個月，時序入冬後老國王的身體也一天不如一天。

老國王每天都派人來探喬森口風，甚至揚言要一舉將王國內的獸人族群全數殲滅，喬森卻不怕任何威脅，只說老國王要是敢那就做，看是獸人先全滅，還是他自己先嚥氣。

而一心以為就要當上國王的喬納斯也察覺到不對勁，老國王遲遲沒有向他交代繼任的事，身體也越來越差，他不免起了疑心，開始在心裡盤算要是最後老國王不把王位傳給自己，就要直接謀反奪權。

然而讓喬納斯萬萬沒想到的是，在他剛打著算盤的同時，喬森已經找上喬克，和他密謀一項計畫。

那天喬克前來探視喬森，喬森小聲和他提了一句：「只要幫我離開這裡，我有辦法讓你登上王位。」

喬克挑眉，沒有馬上答應。

「你這麼聰明，這些日子不會看不出來，父王根本沒有打算讓你或者喬納斯繼位。」喬森盤坐在床上，見喬克表情一僵，便勾起了唇角。

「老實說要站你或者喬納斯那邊我都不願意，你的人射傷我的納特，這帳還沒跟你算，但喬納斯直接毀了我的家，更是踩到底線，我不可能就這樣算了。我對當國王一點興趣也沒有，如果你想上位我可以幫你。條件就是讓我離開這裡，並且保證以後再也不會找我，或找我的納特任何麻煩。」

「我要怎麼相信你？」

喬森要喬克靠近一點，湊到他耳邊仔細地說明自己的計畫。喬克越聽臉色越沉，問他：「你確定可行？」

「可以，只是需要你幫點忙。」喬森點了點頭，「外頭看守的人盯得很緊，有些東西我弄不進來。」

喬克沉默地看著喬森一會，而後嘆了口氣搖頭道：「要比心狠，還真是沒人比得過你。就為了區區一隻狼人值得嗎？」

「你們可能都不知道，我其實是個很害怕孤獨的人。被趕出城堡以後，孤零零一個人生活在小木屋裡，什麼都得靠自己，沒有人陪著我，我的世界安靜得可怕。納特就是在我幾乎快要被寂寞逼瘋的時候出現，他聽我說話也陪我說話，讓我耳邊有不一樣的聲音，身邊有了溫暖。」

喬森頓了頓，抬頭看向喬克，雙眸清澈澄亮，「或許對你們來說，納特就是隻狼人，是個怪物，但對我來說，他就是我的世界、我的愛人。愛本來就無關種族性別，我愛他，想和他永遠生活在一起，其他的什麼也不在乎。」

喬克心中縱然依舊很是不解，卻沒再多說什麼，並且最後也答應與喬森合作。

三天過後的深夜，喬森的寢室無端燃起一場大火。火勢燃燒猛烈，等到眾人齊力把火熄滅時，房裡只剩一片燒盡的殘骸，和一具焦黑屍骨。屍骨燒得無法辨識身分，而這晚房間裡除了喬森以外，再無任何人出入。

又過了兩天，調查結果出爐，全部證據都指向這場突如其來的大火是喬納斯主謀。

他們在喬納斯其中一件衣服上找到燒痕，更有幾片碎布落在喬森房間窗外的草叢中。並且有多位目擊證人聲稱，失火那晚看見喬納斯穿著那件衣服在喬森房間窗外鬼鬼祟祟，過沒多久就失火了。

此外還有個嚇壞了的喬納斯的侍衛，在審訊過程中因為怕被牽連，直接供出喬納斯原本就想謀反奪位的事。

一時間喬納斯成為眾矢之的，為了上位不惜殺害親弟弟，這麼血性惡劣的人根本沒有資格成為下任國王。

老國王在喬納斯罪證確鑿當天夜裡，就氣急敗壞地嚥下最後一口氣。而縱使有再多冤屈，在所有證據都指向自己的情況下，喬納斯也無從申冤，被關押進不見天日的地下監牢裡。

喬森與老國王相繼離世，喬納斯又被打入地牢，喬克理所當然順利即位，成為新一任的國王。

喬森趁著混亂，連夜從城堡裡逃了出來。他趕了整整一天一夜的路，到第二天下午才裹著滿身煙灰汗水，徒步走回當初和納特分開的地方。

這裡的一切好像都沒怎麼變，燒得半毀的小木屋，一旁沒有使用的柴堆，四周安靜得沒有一點活物的氣息，像是這一個多月來，這裡一直都沒有人生活的痕跡。

喬森心頭一陣發緊，他又走近了些，抬高音量喚了聲：「納特？」周圍除了風聲與不遠處小河的水流聲外，沒有人回應。喬森深吸了口氣，又再度喊道：「納特，你在不在？」

這一聲依然沒有得到回應，喬森沉沉地出了口氣，扶著小木屋半毀的牆慢慢坐下來。他太累了，走這麼遠的路，腳都磨出水泡了，大冬天身上卻又悶又黏，滿是汗味。

裹著寒冬的冷風，他有些狼狽地靠著牆閉上眼，一邊回憶著一個多月以前和納特在這生活的點點滴滴，一邊又嘲弄地想，果然沒有誰會永遠陪在自己身邊。

他好不容易逃回來，可是納特卻離開了，他不知道納特去哪裡，只知道從今往後又要一個人生活了。

「……喬森……」

恍惚間，喬森彷彿聽見納特的聲音，很低沉也很輕，像是有些不可置信。喬森沒有睜開眼，覺得那不過是太想念納特產生的幻聽。

「喬森！」幻聽越來越靠近，還伴隨著急促的腳步聲，彷彿跟真的一樣。

直到被擁入極其溫暖的懷抱，喬森才愣愣地半睜開眼，對上納特一張焦急的臉。納特看著他憔悴的模樣，擔憂道：「喬森，你沒事吧？是不是哪裡受傷了？」

喬森恍惚地撫摸納特的臉，忽然笑了。他重新闔上眼，臉頰在納特身上蹭了蹭，虛弱地說：「你還在……我以為你走了，這不是夢吧……？」

「我在。」納特又把喬森抱緊一些，怕他吹風著涼，一邊大步往小倉庫走，一邊低聲安撫：「不是夢，你要我等你，我一直待在這裡等你回來。」

「你真好，納特。」喬森聲音越來越小，埋在納特懷裡，尾音一下子就被冷風吹散。但納特還是聽見了，他聽見喬森在臨昏睡之際，動了動嘴唇說：「你真好，我好愛你。」

喬森再睜開眼時外頭天已經全暗了，他躺在柔軟乾草搭起的床上，身上蓋著一床厚被。他腦子頓了幾秒才反應過來，猛地撐起身偏頭張望周圍，才意識到這裡是以前堆木柴和一些雜物的小倉庫。

小倉庫不大，不過裡頭原本的雜物被清得很乾淨，床搭在最裡面，不至於吹到冷風。

「醒了？有沒有哪裡不舒服？」喬森順著聲音方向看過去，只見納特端著一杯水慢慢朝他走來，最後坐到床邊，將手裡的熱水遞給他，「剛剛先幫你擦過澡了，還是怕你著涼，先喝點熱水。」

喬森接過水仰頭一口氣喝下大半杯，而後重重地哈出一口氣。納特就這麼一眨也不眨地盯著他看，又抬起手抹掉他唇邊沾上的水光。

「我……」喬森有些遲疑地張了張嘴，「回來的時候，看到這裡都沒變，又好像沒有生活的痕跡，以為你離開了。我有點生氣，我明明說過會回來，可是你卻還是沒有等我。」

「沒有，我沒有走。」納特把喬森抱回懷中，很輕柔地撫摸著他的背，「我只是前兩天去了一趟市集，有點遠今天才回來。」

喬森抓了抓納特的腰側，看他臨別時受的那些傷都已經好得差不多，只剩下一點結痂。他問：「去市集做什麼呢？」

「我捕了些獵物，拿去鄰鎮的市集換點工具，想在你回來之前把木屋重新修整好。」

「結果我太早回來了？」

納特搖了搖頭說：「你回來了，我們就可以一起修房子了。」

喬森輕笑出聲，抬起脖子吻了吻納特的鼻尖。

之後兩個人抱在一起低聲說了很久的話。納特問喬森怎麼回來的，喬森便把聯合大王子，栽贓陷害二王子的事說給他聽。

火是喬森自己放的，他要喬克準備一具和他身材差不多的屍體到房裡，又買通喬納斯底下一名手下，讓他偷了件喬納斯常穿的衣服出來。

等一切準備就緒後，喬森算好時間，披著喬納斯那身衣服，在漫漫濃煙中翻窗而出，再把衣服藏到事前和喬克約定好的地點，隨後便趁著眾人兵荒馬亂滅火之際，輕而易舉地溜了出來。

「喬納斯的手下和他主人一樣沒有腦子，隨便幾句話就收買了。」喬森輕嗤一聲，整個人靠在納特溫暖的懷裡，「總之現在這個王國的小王子已經死了，還是被二王子親手燒死的。而我現在就是個沒名沒姓的老百姓，自由了。」

畢竟已經算是事過境遷，喬森的語氣很輕鬆，納特卻越聽面色越沉重，最後用力地摟住他沉聲說：「以後別這樣丟下我了，我一直怕你回不來。」

喬森心裡一軟，垂下眼吸了吸鼻子說：「不會了，我保證不會有下次了。以後我們在一起，你不離開我，我也不會離開你。」

「我不離開你，會永遠陪著你。」納特說。

又想起下午喬森昏睡之際，含在嘴裡的那一句話，便低下頭認真地看著他的眼睛學著說：「喬森，我愛你。」

喬森驀然一怔，片刻過後笑出了聲，「我沒教過你這個，跟誰學的？」

「你教的。」納特不滿地捏了下他的臉頰，「下午的時候，你睡著前對我說的。」

見納特義正詞嚴的樣子，喬森忍不住又笑了起來，「是嗎？那你知道是什麼意思嗎？」

納特不曉得怎麼解釋這個詞，對他來說很多詞彙的定義都有些模糊，只知道在聽見喬森對自己說這三個字的時候，心裡一陣悸動。很喜歡聽，想再多聽幾遍，同樣也想把這三個字送給對方。

喬森看納特一副傻兮兮不會說話的樣子，稍稍減去一點笑意，執起納特的手貼到自己左胸口，輕柔地說：「就是我想和你共度餘生，只有你，也只能是你的意思。納特，我愛你。」

納特沉默地看著喬森一會，像是在消化他話裡的意思。很快他也拉過喬森的手，貼到自己的心口處，低聲回道：「我也愛你，喬森。我也愛你。」

無關種族，無關性別。也不是每段故事的結尾，王子都必然要和公主有著幸福美滿的結局。

狼人與王子，同樣也能擁有愛，也能譜出一段真摯熱烈的愛情。

——外傳〈狼人與小王子〉完

——《小野豹的命定婚儀》全系列完

小野豹的命定婚儀

Snow Leopard's Destiny Marriage

後記

哈囉我是OUKU，很高興再一次以商業誌的形式與大家見面！

這次嘗試了以往很少寫的類型與風格，寫起來真的是一大挑戰，中間一度卡到懷疑自己，也真的很感謝編輯適時地提供建議與鼓勵，最後才能順利完成這一篇故事QQ

最早的時候其實是先寫了〈狼人與小王子〉，那種情色童話的風格寫起來還滿過癮的，寫完之後也有想過是不是能將這篇的故事背景放大一點、再寫長一點。那時後就覺得不苟言笑的大王子與鄰國不正經的王子之間好像可以擦出點什麼火花，不過一直沒有深想，直到這次的商稿邀約才覺得好像可以拿出來試一試。

雖然實在有點高估自己了，肉和劇情之間的拿捏對我來說還是有點吃力，不過中間寫小動物和小孩子互動還是寫得挺快樂的，小孩子跟小動物真是世界上最療癒的生物惹QQQQQQ

完成這本書的過程有點顛簸，也麻煩了不少人，真的謝謝一路上所有人的協助與包容，也很感謝買下這本書並閱讀到這邊的你。

這次的嘗試可能還是有許多不足之處，但還是希望這篇小故事能夠帶給閱讀到這邊的你們一個輕鬆愉快的午後或是睡前時光！

OUKU　2022冬

高寶書版集團
gobooks.com.tw

FH057

小野豹的命定婚儀

作　　者　OUKU
繪　　者　滅火器
編　　輯　薛怡冠
美術編輯　林鈞儀
排　　版　彭立瑋
企　　劃　方慧娟

發 行 人　朱凱蕾
出　　版　朧月書版股份有限公司
Hazy Moon Publishing Co., Ltd
地　　址　臺北市內湖區洲子街 88 號 3 樓
網　　址　www.gobooks.com.tw
電　　話　(02) 27992788
電　　郵　readers@gobooks.com.tw（讀者服務部）
傳　　真　出版部　(02) 27990909　行銷部 (02) 27993088
郵政劃撥　19394552
戶　　名　英屬維京群島商高寶國際有限公司台灣分公司
發　　行　英屬維京群島商高寶國際有限公司台灣分公司 / Print in Taiwan
初版日期　2023 年 2 月

國家圖書館出版品預行編目 (CIP) 資料

小野豹的命定婚儀 /OUKU 著 .-- 初版 . -- 臺北市：朧月書版股份有限公司出版：英屬維京群島高寶國際有限公司臺灣分公司發行 , 2023.02-
面；　公分 . --

ISBN 978-626-7201-34-3(平裝)

863.57　　111018619